Orgullo
y deseo

Catherine Spencer

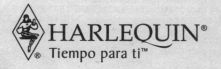

HARLEQUIN®
Tiempo para ti™

NOVELAS CON CORAZÓN

Editado por HARLEQUIN IBÉRICA, S.A.
Hermosilla, 21
28001 Madrid

© 2001 Kathy Garner. Todos los derechos reservados.
ORGULLO Y DESEO, Nº 1321 - 5.6.02
Título original: The Millionaire's Marriage
Publicada originalmente por Mills & Boon, Ltd., Londres.

I.S.B.N.: 84-396-9379-6
Depósito legal: B-16056-2002
Editor responsable: M. T. Villar
Diseño cubierta: María J. Velasco Juez
Fotomecánica: PREIMPRESIÓN 2000
C/. Matilde Hernández, 34. 28019 Madrid
Impresión y encuadernación: LITOGRAFÍA ROSÉS, S.A.
C/. Energía, 11. 08850 Gavá (Barcelona)
Fecha impresión Argentina:2.4.03
Distribuidor exclusivo para España: LOGISTA
Distribuidor para México: PUBLICACIONES SAYROLS, S.A. DE C.V.
Distribuidores para Argentina: interior, BERTRAN, S.A.C. Vélez
Sársfield, 1950. Cap. Fed./ Buenos Aires y Gran Buenos Aires,
VACCARO SÁNCHEZ y Cía, S.A.
Distribuidor para Chile: DISTRIBUIDORA ALFA, S.A.

Capítulo 1

DEJÉ dicho que vendrías. Si no estoy en casa cuando llegues, el portero te abrirá.

Las palabras eran frías y neutrales, pero a pesar de todo, la voz de barítono de Max conseguía ponerle la carne de gallina. Gabriella apartó el auricular para que no oyera su respiración agitada y le preguntó:

—¿Sigue siendo Howard?

—Me sorprende que aún te acuerdes, considerando la cantidad de porteros con los que te habrás cruzado durante los dos últimos años.

Lo hacía sonar como si ella se ganara la vida visitando a hombres casados en los hoteles.

—He olvidado muy pocas cosas de mi vida contigo, Max —dijo ella con sequedad—. Y tratar a Howard fue una de las más agradables. Me gustará verlo de nuevo y saber que hay al menos una cara amable en el edificio, A menos, claro, que lo hayas predispuesto contra mí.

—Eso habría sido difícil —contestó el marido—. Tu nombre apenas surge en las conversaciones y, si surge, es solo de pasada.

Estaban separados y seguía tan brusco como siempre. Lo malo era que la verdad dolía.

–¿Estás seguro de que podremos conseguirlo? –dijo ella–. Dos semanas viéndonos las caras durante las comidas no es mucho tiempo, pero pueden parecer una eternidad.

–Si tú puedes resistirlo, yo también podré. Y para ti será fácil. Después de todo, será como tu vida. Todo un enigma. Hablemos claro, Gabriella, siempre has mostrado mucho talento para fingir. Lo cual explica tu tremendo éxito como modelo. Si no, ¿cómo podrías aparecer en las revistas de moda como una virgen inocente un día y al otro como una seductora?

Ella se había propuesto no reaccionar ante las provocaciones, pero no pudo resistir el desdén que él mostraba por el éxito que a ella le había costado tanto conseguir.

–Max, no sabía que siguieras mi carrera tan de cerca.

–No la sigo, pero tendría que ser idiota si no reconociera que estoy casado, al menos en los papeles, con el rostro más famoso de Estados Unidos y puede que del mundo entero. Dada tu versatilidad como actriz, y el hecho de que eres una embustera consumada, estoy seguro de que podrás aparentar ser una esposa feliz durante un par de semanas. Sobre todo, teniendo en cuenta lo mucho que te juegas y que yo pienso estar presente lo menos posible. Todo lo que hace falta es un poco de cortesía en público y algunas pequeñas demostraciones de afecto. Llevamos casados dos años, Gabriella, y tus padres no esperarán que nos comportemos como si estuviéramos de luna de miel.

–Lo cual está bien, puesto que nunca disfruté de una luna de miel.

Pero sí había sentido la soledad y el rechazo. La tristeza de una esposa junto a un esposo que la miraba con indiferencia y desprecio. El dolor de dormir sola en una gran cama de matrimonio mientras su marido dormía en el cuarto de huéspedes. Y la amargura aún mayor de las pocas veces, que llevado por un instinto primitivo, él había entrado en su lecho, y una vez saciado, se había marchado en silencio.

Ella sabía lo que era estar casada con un hombre que la odiaba porque, de vez en cuando, no podía evitar desearla.

—Gabriella, ¿Has oído lo que he dicho?

Su impaciencia la hizo volver a la realidad.

—No, no te he entendido.

—Te pregunté a qué hora llegarán tus padres a Vancouver.

Sus padres, ya ancianos, creían que su única hija estaba felizmente casada con el nieto de un hombre al que reverenciaban como a un dios. ¿Y si veían a través del engaño que les habían preparado? ¿Y si adivinaban que, detrás de su famosa sonrisa, no había más que tristeza?

Era demasiado tarde para cambiar las cosas. ¿Por qué los habría animado a dejar Hungría e ir a visitarla a Canadá? ¿Por qué había pensado que podría engañarlos?

—Mañana a las tres.

—¿Y ahora estás en Los Ángeles?

—Sí. Anoche me quedé en casa de una amiga. Mi vuelo sale a las diez. Espero llegar a tu casa por la tarde.

—Eso te dará tiempo para deshacer las maletas.

Y ahora que lo pienso, quizás deberías comprar algo. Lo que hay en la nevera es bastante básico y no es adecuado para tus gustos de gourmet.

¿Por qué decía eso? ¿Por qué insinuaba que era extravagante y difícil de complacer? Su matrimonio no había fracasado por que ella hubiera gastado demasiado dinero, aunque él estaba convencido de que ella había querido casarse por su riqueza.

—Comprar comida es lo primero que pensaba hacer —dijo ella.

—Entonces, no hay más que hablar. Si no te veo hoy, te veré a la hora del desayuno.

—Antes de que cuelgues, Max...

—¿Y ahora, qué? —contestó él, otra vez con impaciencia.

—¿Dónde voy..., quiero decir, cuál es mi cuarto?

La pregunta lo desconcertó y tardó en responder.

—Pensaba que la cuestión era convencer a tus padres de que, a pesar de lo que diga la prensa, aún estamos felizmente casados.

—Así es.

—¿Entonces cuál crees que será tu dormitorio, Gabriella?

—¿El dormitorio principal?

—¡Bingo! Y como todas mis cosas caben en un armario, espero que traigas suficiente ropa para llenar el otro, a menos que quieras que parezca que también tú estás de visita. No creo que eso sea un problema, ¿verdad?

—En absoluto. Tengo tres maletas hechas.

—Me alegro. ¿Alguna otra pregunta?

Claro que las tenía, pero no iba a preguntarle si

compartirían la cama. Eso lo averiguaría enseguida.

Ella había crecido en un palacio. Pequeño y algo destartalado, pero palacio. El apartamento de Tokio que había comprado cuando dejó a Max era pequeño, pero exquisito. Y la casa con jardín de las afueras de Roma era una elegante joya del siglo XVII.

Aun así, el ático de dos pisos de Max la dejó sin respiración, lo mismo que la primera vez.

Dejó el equipaje y las bolsas de comida en el vestíbulo y se dirigió a la terraza. Abrió las puertas correderas y se quedó boquiabierta al ver la gran cantidad de flores exóticas que había alrededor de la piscina. Parecía el paraíso.

Detrás de la barandilla, se veía el horizonte de Vancouver en todo su esplendor veraniego. La luz del sol se reflejaba en el cristal de los edificios y los barcos de vela se deslizaban por el estrecho de Georgia.

Gabriella recordaba que el día de su boda había sido igual de caluroso. Solo llevaba casada dos días y ya sabía cuánto resentimiento sentía su marido. Y rezaba para que él llegara a amarla o para que ella dejara de amarlo. Pero ninguna de las dos cosas había sucedido. No quería dejarse llevar por la nostalgia y entró en casa. Notó algunos cambios en el apartamento. No había nada nuevo, pero faltaba todo cuanto pudiera recordarle a Max que ella existía.

Después de la boda, Gabriella había sugerido suavizar la austeridad de la decoración con alguno de los preciosos regalos y objetos de su ajuar que había llevado de Hungría y él le había dicho que podía hacer lo que quisiera, que a él no le importaba. Y cuando ella se marchó, lo dejó todo.

La casa era fría y hostil. Ya no había nada suyo. Él había borrado todo vestigio de ella, lo mismo que la había borrado de su vida. Pensó que quizás Max no había tirado todos esos tesoros de su familia y que los encontraría arrinconados en algún lugar.

Volvió al vestíbulo y llevó las bolsas de la compra a la cocina. Max había dicho que la nevera solo tenía lo básico, pero ni eso. Solo había cervezas y un poco de queso rancio. Y en la despensa, poco más. Tampoco había platos ni tazas en los armarios, y el resto de los cacharros tenían telarañas. Parecía una casa comprada como inversión, sin nada que le diera el calor de hogar que una pareja podía darle. Tal vez pudieran engañar a su padre, pero seguro que su madre se daría cuenta enseguida.

Tendría que comprar un sinfín de cosas. Al ir a buscar un cuaderno para hacer la lista encontró un delantal con volantes y un tubo de crema de manos. Sintió un nudo en el estómago. No eran suyos ¿De quién serían?

«No te tortures, Gabriella», se dijo. «Ya será bastante difícil convencer a tus padres de que tienes un matrimonio sólido, así que manos a la obra, porque hacer que esta casa parezca un hogar va a costarte el resto del día».

A las nueve de la noche, el ático parecía otro. Para empezar, la nevera y la despensa estaban llenas de deliciosos manjares. Por fortuna, encontró todas sus cosas en el armario, debajo de la escalera, y pudo colocar la vajilla de porcelana y la cristalería en el aparador y las vitrinas, y detalles por toda la casa. Algunas fotos enmarcadas, sobre una mesita, un chal sobre el sofá y unas flores sobre el escritorio. Velas en los candelabros, y manteles recién planchados en los cajones.

En el piso de arriba, preparó el cuarto de huéspedes, que Max había ocupado durante el tiempo que estuvieron casados, con flores en el tocador, toallas, jabones y lociones en el baño.

El mal rato que había pasado al entrar allí no era nada comparado al reto de entrar en el dormitorio en el que ella durmió y lloró durante casi seis meses hasta que tuvo fuerzas para escapar de ese matrimonio sin amor.

Pero cuatro paredes no podían lastimarla. Solo las personas podían hacerlo, si se las dejaba. Y ella no iba a permitir que los fantasmas del pasado le hicieran daño. Había aprendido a proteger su corazón después de que Max se lo pisoteara.

Aun así, al abrir la puerta se estremeció. Se notaba que era el cuarto de un hombre. Parecía mentira que ella hubiera dormido allí de recién casada. Y sin embargo, los fantasmas del pasado no dejaban de atormentarla.

La primera noche que pasó allí, se había bañado en agua perfumada, se había puesto un camisón de gasa y había esperado a Max. Ya amanecía cuando se dio cuenta de que Max no iría. Fue en su busca, y lo encontró durmiendo en el cuarto de huéspedes, con solo una sábana tapándolo por debajo de la cintura. Estuvo mirándolo un buen rato. Era tan atractivo y masculino... La piel bronceada, y el cuerpo perfectamente esculpido, con músculos de acero. ¡Cuánto había deseado estar entre sus brazos y que él la poseyera, y oír su voz apasionada susurrarle al oído, y que su boca se posara en la suya para absorberle hasta el alma!

Llevada por su anhelo, le había acariciado la frente y alisado el oscuro cabello. Como no se despertaba, se atrevió a besarlo, y él se despertó.

—¿Qué demonios crees que estás haciendo? —gruñó, molesto.

—¿No está claro? —susurró ella, esperando que el calor de sus labios despertara en él el ardor.

Pero Max había apartado la cara y el beso había acabado en su mejilla.

—No te apartes de mí —le suplicó ella—, por favor. Max, te necesito.

Como si le hubiera hablado a una piedra, él se quedó mirando al techo. Y aún, tantos meses después, ella se sonrojaba pensando en lo que sucedió después.

Ella estiró la sábana y comenzó a acariciarlo. Comenzó por los hombros y fue bajando por el torso hasta encontrar la zona cálida entre los muslos.

—Eso no demuestra nada, ¿sabes? —dijo él con furia contenida cuando, a pesar suyo, tuvo una erección—. Es tan solo una respuesta inconsciente. Cualquier mujer podría conseguirla.

—Pero yo no soy cualquier mujer. Soy tu esposa —le recordó—. Y te amo. Por favor, déjame demostrarte lo mucho que te quiero.

Y antes de que él se diera cuenta, ella había recorrido su pecho y su vientre y había posado sus labios con dulzura sobre la suave y sedosa punta de su masculinidad.

Max respiraba cada vez más rápido y agarró a Gabriella del cabello, tratando de no gemir. Sintiendo su victoria, ella se quitó el camisón y juntó su cuerpo desnudo con el de él.

Con displicencia, dejó que ella lo besara en la boca, y sin poder aguantar más, la alzó y la sentó sobre él, de forma que, con un leve movimiento de sus caderas entró en ella con vigor. Luego, con un dedo le acarició la línea entre el ombligo y el pubis hasta encontrar el punto más vulnerable de su ser.

Todo el cuerpo de ella vibraba. ¡Cuánto placer! ¡Qué exquisita tortura!

Se aferró a él, tratando de prolongar las sensaciones, pero había sido tanta la pasión que ya no le quedaban fuerzas. Sintió que se le cerraban los ojos, pero los de él estaban abiertos, sin pestañear, como si pensara «Puedes doblegar mi cuerpo, pero nunca lograrás doblegar mi mente, ni mi corazón».

–¿Satisfecha? –preguntó él cuando terminaron, haciendo que su unión pareciera algo vulgar y degradante.

Después de dos años, ya no debería dolerle aquella humillación. Cualquier mujer sensata habría olvidado. Pero ella no era sensata en lo referente a Max, como lo demostraban las lágrimas que le rodaban por las mejillas. ¿Qué necesitaba para olvidar a Max Logan y curar las heridas que le había causado su matrimonio? ¿Conseguiría alguna vez amar a otro hombre?

Cuando Max entró en el ático, supo enseguida que Gabriella ya estaba allí. Aunque todo estaba silencioso, las maletas de ella aún estaban en el vestíbulo y las flores perfumaban el ambiente. La atmósfera era distinta, vibrante e inquietante, un augurio de los problemas que se avecinaban.

Dejó su maletín en la mesa del despacho y dio una vuelta por el piso de abajo antes de subir a los dormitorios. La gruesa alfombra amortiguó sus pasos y ella, que estaba de espaldas en el dormitorio principal, no lo oyó llegar. Max se quedó frente a la puerta mirándola. Le pareció que estaba limpiándose la cara con una camisa suya. Estaba mucho más delgada, y las curvas delicadas que tenía se habían convertido en ángulos. Un tipo muy elegante para una modelo, pero poco atractivo para su gusto. Tampoco le agradó su aspecto frágil y vulnerable. Nada que ver con la especie de demonio con quién lo habían coaccionado a casarse.

–Te agradecería que no te limpiaras la nariz con mi ropa –le dijo, disfrutando de haberla sobresaltado.

Pero cuando ella se dio la vuelta, se quedó conmocionado. Había olvidado lo hermosa que era, y sobre todo, el impacto de sus preciosos ojos. Tuvo que esforzarse en guardar la compostura al recordar la noche en que se habían conocido en casa del padre de ella.

–Quiero presentarte a mi hija –le había dicho

Zoltan Siklossy cuando la oyó llegar por el paseo frente a la gran casa.

Max se había quedado paralizado al verla, su cabello y su piel dorados por el sol poniente de mayo, y sus ojos, de color aguamarina, unas veces azules y otras verdosos.

Ella lo había mirado y él se había quedado hipnotizado, y había dicho la primera tontería que se le ocurrió.

–No sabía que los magiares fueran rubios. No sé por qué, pero esperaba que fuerais morenos.

Ella se rio mientras le estrechaba la mano.

–Algunos lo son. Nosotros los húngaros tenemos antepasados muy mezclados. Yo, como muchos otros, soy de ascendencia finlandesa –su inglés era perfecto aunque con acento. Su risa, cantarina–. Bienvenido a Budapest, señor Logan –dijo melosa–. Espero que me permita enseñarle nuestra bella ciudad.

–Cuento con ello –contestó, sorprendido por la seguridad que mostraba a sus aparentes dieciocho años.

En realidad tenía veintidós y era la criatura más intrigante que había conocido jamás, «seguramente, en eso no ha cambiado», pensó.

–No me estoy limpiando la nariz –murmuró temblorosa, apretando la camisa contra su pecho.

–Entonces, ¿qué hacías? ¿Olisquear por si había perfume de otra mujer? ¿Buscar marcas de lápiz de labios?

Algo brilló en sus ojos.

–¿Debería buscarlas, Max? ¿Recibes a muchas mujeres, ahora que no estoy por aquí?

–Si lo hago, no es de tu incumbencia, querida.

–Mientras estemos casados...

–Tú me abandonaste.

–Pero aún soy tu esposa y, te guste o no, tú aún eres mi marido.

Él la miró y se dio cuenta de que tenía los ojos enrojecidos.

–Un hecho que al parecer te duele. ¿Has estado llorando, Gabriella?

–No –contestó, mientras se le escapaban las lágrimas.

–Solías mentir mejor. ¿Qué ha pasado? ¿No has practicado mucho, últimamente?

–Yo...

–Venga, suéltalo. Lo que sea. Después de todo lo que hemos pasado, estoy seguro de que podré soportarlo.

–Yo... –apenas si se oía su voz– esperaba que no actuáramos así, el uno con el otro, Max. Esperaba que pudiéramos... –tragó saliva e hizo una pausa.

–¿Qué? –la interrumpió él, furioso–. ¿Volver a empezar donde lo dejamos? ¿Y dónde lo dejamos, exactamente, Gabriella? ¡A punto de estrangularnos, si mal no recuerdo!

–Tenía la esperanza de que pudiéramos superar eso. Y creo que debemos hacerlo si queremos convencer a mis padres de que no tienen por qué preocuparse por mí. Ya sé que me odias, Max, pero por ellos, te pido que recuerdes que hace tiempo nos gustábamos y que durante dos semanas intentes que lo parezca.

Capítulo 2

LO había hecho recordar. Al principio sí se habían gustado. Él se había quedado prendado de su vitalidad, de su gusto por la vida. Pero, más tarde, se dio cuenta de que solo era un disfraz para tapar sus intenciones.

—Mi padre me trata como si estuviera hecha de porcelana –le había confiado el día que lo llevó a pasear por el Danubio–. Él cree que necesito que me protejan.

—No me extraña –contestó él–. Has tenido una educación muy conservadora.

—Pero ya soy una mujer de mundo, Max, y sé cuidarme.

Esa tarde, se encontraron con unos conocidos y se sentaron en la terraza de un café. Max pudo darse cuenta de por qué Zoltan Siklossy se preocupaba. Mientras ella se tomaba una copa de vino, sus amigos tomaron varias rondas y se marcharon sin pagar.

—Déjame pagar –dijo Max, tomando la nota.

—No, por favor. Puedo permitírmelo –contestó ella–, y me apetece pagarlo.

—Compláceme, Gabriella. Soy uno de esos norteamericanos anticuados y aburridos que creen que el hombre es quien debe pagar.

—¿Aburrido? —se volvió a mirarlo con sus preciosos ojos y él se quedó embrujado—. Yo creo que eres estupendo.

En contradicción con las veladas y frecuentes referencias a amores suyos, había algo frágil e inocente detrás de su vivacidad, y él se conmovió más de lo que esperaba. Si ella hubiera sido otra persona, le habría parecido irresistible, pero él no quería ningún compromiso serio, y no podía tener una aventura con la hija de su anfitrión.

Por la manera en que Gabriella lo miraba, estaba claro que intuía lo que él estaba pensando y que estaba decidida a hacerlo cambiar de opinión. Ella le preguntó con voz melosa:

—¿Te gusta bailar, Max?

—Puedo defenderme sin pisar a mi pareja —le contestó él, medio embrujado, y molesto por haber reaccionado a su coqueteo.

—¿Querrías bailar conmigo?

—¿Aquí? —dijo dirigiendo una mirada hacia la plaza llena de turistas—. ¡No, gracias!

—¡Claro que aquí no! —rio ella. Contra su sentido común, él no podía apartar la vista de la cara de ella, y de su boca de fresa madura en forma de corazón. Se preguntaba qué sabor tendría si la besara—. Mis padres quieren hacer una fiesta en tu honor —continuó cruzando sus hermosas piernas—. Estoy segura de que ya sabes que sienten un gran aprecio por tu familia. Tu abuelo es una leyenda en esta ciudad.

—Solo sacó unas cuantas fotos —contestó Max para quitarle importancia—. No es mucho mérito, puesto que era así como se ganaba la vida.

—Para la gente de Budapest fue un gran héroe.

Se arriesgó a acabar en la cárcel para grabar nuestra historia cuando cualquiera, teniendo inmunidad diplomática como él, habría escapado. Como nieto suyo, eres nuestro invitado de honor y queremos tratarte como te mereces.

–Estoy aquí por negocios, Gabriella, y no para hacer vida social –le recordó–. Yo no quería importunar a tu familia. Solo quería presentarles mis respetos, pero tus padres insistieron en que me quedara en vuestra casa, aunque ya tenía una habitación reservada en un hotel.

–¿El nieto de Charles Logan en un hotel? –Gabriella se rio y le agarró la mano–. ¡Ni hablar! Mi madre y mi padre no lo permitirían. Te quedarás con nosotros todo el tiempo que quieras, y siempre que vengas a Budapest.

Él sintió un escalofrío.

–No creo que tenga que venir más veces. En cuanto haya terminado con los trámites de la compra del edificio y tenga los permisos necesarios, dejaré el proceso de restauración en manos de mi gerente de proyectos y volveré a casa.

–Mayor motivo para que te agasajemos mientras podamos hacerlo –dijo ella inclinándose hacia él, de modo que él pudo ver el bronceado de su escote y que no llevaba sujetador.

Reaccionar ante esa invitación desvergonzada fue el primero de una larga lista de errores que culminaron un mes después en la fiesta prometida. Medio Budapest estuvo presente. Todos sabían tanto sobre su abuelo como sobre él y sobre la compra del edificio medio derruido que él pensaba convertir en uno más de sus hoteles de lujo.

–Ya ves –le susurró Gabriella, acercándose–. No vienen solo a ver al nieto de Charles Logan, sino a ti. Eres una verdadera celebridad, Max.

Estaba preciosa con su vestido rosa sin mangas y todos los hombres la miraban.

–Me sorprende que la gente de aquí no se enoje porque un extranjero se adueñe de uno de sus edificios.

–Vas a crear puestos de trabajo, y atraer el turismo, lo cual nos ayudará a rehacer nuestra economía. ¿Por qué iban a enojarse?

Se sentía adulado. ¿Y quién no se hubiera sentido así con una sala llena de la élite social de Budapest sonriéndole y una bellísima muchacha pendiente de él? Eso tendría que haberle bastado, pero se dejó monopolizar por ella en el baile hasta que fue demasiado tarde.

–¿Sí o no, Max?

Aliviado por interrumpir esos recuerdos que solo traían resentimiento, miró con fijeza a la flaca mujer que tenía delante. Aunque no hubiera compartido su techo desde hacía dieciocho meses, era técnicamente su esposa.

–¿Sí o no, qué?

–Que hace tiempo nos gustábamos. Y mucho.

–Hace tiempo, esa es la clave –dijo él, evadiéndose–. Por lo que a mí concierne, todo cambió después de aquella fiesta que tus padres celebraron en mi honor.

–¿Nunca vas a perdonarme lo que hice aquella noche? ¿Nada de lo que yo diga o haga podrá convencerte de que no intenté coaccionarte para que te casaras conmigo?

–No. Caíste muy bajo engañándome y haciéndome creer que habías tenido varios amantes.

–Nunca dije tal cosa.

–Lo diste a entender, más de una vez.

–Tú eras un hombre mundano y sofisticado y yo quería impresionarte. Quería ser el tipo de mujer que creía que tú admirabas, en lugar de una aburrida e inocente húngara que no tenía ni idea de cómo complacer a un hombre.

–Mi tipo de mujer no se habría comportado como una cualquiera.

–Estaba desesperada, Max. Desesperadamente enamorada de ti. Y era tan tonta, que creí que dándome a ti, conseguiría que tú también me amaras. Ya estabas preparando tu regreso a Canadá y no podía soportar la idea de no volver a verte.

–Y conseguiste que así fuera, añadiendo mentiras sobre mentiras.

Se sonrojó, pero no dejó de mirarlo a los ojos.

–No. Cuando te dije que estaba embarazada, creía que era verdad.

–Qué casualidad que averiguaras que no era cierto cuando apenas se había secado la tinta del certificado de matrimonio.

Ella suspiró profundamente.

–Oh, Max. ¿De qué sirve analizar el pasado? No es necesario que me lo repitas. Ya sé lo que sientes.

–No puedes ni siquiera imaginártelo –gruñó él, reviviendo la vergüenza de cómo había terminado la noche de la fiesta. No solo lo había engañado y resultó ser virgen, sino que al abrir la puerta para enviarla a su dormitorio se había topado cara a cara con el padre de ella.

–Me pareció oír ruido y bajé a investigar –había dicho Zoltan, con voz entrecortada por la ira al ver a su huésped en calzoncillos, y a su hija en un camisón transparente que revelaba todos los detalles de su cuerpo–. ¡No tenía ni idea de que me iba a encontrar con... esto!

Era tal su vergüenza, que por primera vez en su vida Max no había podido mirar a otro hombre a los ojos.

–Podrías haberle dicho a mi padre lo que pasó en realidad –dijo Gabriella–. No tenías por qué darle la impresión de que me habías seducido.

–¿Crees que se habría sentido mejor? El daño ya estaba hecho. Su adorada hija, desflorada por un hombre a quien le había abierto su hogar y tratado como a un hijo. Eras la niña de sus ojos. ¿Qué iba a cambiar, por saber que habías ido a mi dormitorio sin que te invitara? ¿Por qué iba a querer aumentar su disgusto diciéndole eso?

–Por si sirve de algo, él supo que yo tenía tanta culpa como tú, y nos ha perdonado hace mucho tiempo.

–Pero yo no he perdonado. Y desde luego, no te he perdonado a ti.

Ella se sentó a los pies de la cama.

–¿Entonces por qué aceptaste fingir que estamos felizmente casados?

–Porque se lo debo. Tiene ochenta y un años y está delicado de salud. No quiero enviarlo a la tumba antes de tiempo, dejando que sepa cómo es nuestra relación.

–Puede que sea viejo, pero no es ciego. Si vas a hacer una mueca de desdén cada vez que me mires, y vas a rehuir todo contacto físico, se dará cuenta antes de veinticuatro horas de que estamos muy lejos de amarnos. Y mi madre no necesitará ni la décima parte de tiempo para llegar a la misma conclusión.

–¿Qué sugieres, querida? –preguntó él con cinismo–. ¿Que, para lograr engañarlos, ensayemos la intimidad marital esta noche?

–No tenemos que llegar tan lejos –contestó ella sonrojándose–. Pero no sería mala idea practicar para comportarnos con un poco de cortesía.

–Depende de tu definición de cortesía.

–No voy a seducirte cuando no estés mirando, si es eso lo que te preocupa, Max. Exponerme a tu rechazo no me atrae lo más mínimo.

–Estaría dispuesto a creerte si estuviéramos en camas separadas.

Esperó unos instantes a oír algún reproche, algún llanto. Pero ella se puso en pie, completamente rígida, y le espetó:

–Ese comentario no merece respuesta. Piensa lo que quieras, haz lo que quieras. En cuanto a mí, no he comido nada desde el desayuno, así que voy abajo a hacerme algo para cenar.

–Si quieres mi opinión, parece que no hayas comido en más de un mes –le dijo, irritado por la actitud altanera de ella. No estaba acostumbrado a que lo despreciaran y no iba a tolerarlo–. Y si se considera que tener ese aspecto es tener estilo, yo prefiero una regordeta anticuada.

–No puedo imaginar por qué te iba a importar mi aspecto, Max. Y estoy segura de que no lo dices porque te preocupe mi salud. Lo que al parecer no logras aceptar es que no importa lo que prefieras de una mujer. A mí me gustaría que pudiéramos comportarnos con más cortesía, porque es mucho menos cansado que ser desagradable. Pero tendrás que aceptar que ya hace tiempo que no me preocupa lo más mínimo que me des tu aprobación.

Las palabras de ella le causaron el mismo efecto que una bofetada. La Gabriella de antes habría hecho cualquier cosa por agradarle.

—Pero aún me necesitas, Gabriella —le recordó—. Si no, ¿por qué estás aquí?

—Solo durante las dos próximas semanas. Después de eso, estaré tan encantada de dejarte como tú de verme marchar.

Se quedó anonadado por sus palabras. Esa nueva versión malnutrida de Gabriella no se mordía la lengua. Desde que había entrado en el mundo de la moda internacional, estaba muy cambiada. A menos que todo fuera una comedia.

Ella temblaba por dentro y estaba a punto de perder la compostura. Se sentía irritable y a punto de llorar. Quizás porque habían estado tan cerca de la cama nupcial o porque Max la había sorprendido.

El comportamiento de él dejaba claro que ella era la última persona con quien quería estar. Por eso se sorprendió cuando cinco minutos más tarde apareció en la cocina.

—He llevado tus maletas al dormitorio.

—Podría haberlas llevado yo misma, pero gracias de todos modos —dijo ella mientras preparaba la cena.

—Ese pollo tiene muy buena pinta.

—¿Insinúas que quieres un poco? —agarró un cuchillo para cortarlo.

—Si me lo ofreces, sí. Gracias —agarró una aceituna y dirigió una mirada a la cocina—. Veo que has estado muy ocupada. Ya parece que alguien vive aquí.

—Me pareció que tenía un aspecto poco hogareño.

—¿Porque guardé toda la porcelana y las cosas que dejaste? No todo el mundo aprecia las cosas finas, Gabriella. Y sabiendo lo mucho que valoras tus cosas, y que tarde o temprano las reclamarías, me pareció mejor guardarlas donde no se pudieran dañar.

—Tú siempre tuviste mucho cuidado con mis cosas. A menos, claro, que te refieras a otras personas más descuidadas.

—Lo que en realidad estás preguntándome es si he traído a alguna mujer aquí —dijo mientras sacaba dos copas de una de las alacenas y agarraba una botella de vino—. Pues, en efecto, lo hice. Una semana después de que te fueras.

Gabriella casi no pudo controlar su desconsuelo al oír la confirmación de sus temores.

—¿Quieres decir que no esperaste a que se enfriaran las sábanas antes de meter a otra mujer en mi cama? —resopló, desahogando su furia contra el pollo—. Me pregunto por qué no me sorprende.

—Yo no he dicho eso —contestó él buscando el sacacorchos.

—Quizás no con tantas palabras, pero lo has insinuado. Y, además, está la prueba. ¡En ese cajón!

Ya vi lo que había, así que no te molestes en negarlo.

Él se rio.

–¿Y qué es lo que viste, querida? ¿Un cuerpo?

–¡No te atrevas a burlarte de mí! –hizo un esfuerzo por controlarse–. Encontré el delantal y la crema de manos.

–Mientras no encontraras tacones altos y medias, no tienes por qué preocuparte. Al menos sabes que no estás casada con un travesti.

–¿Preocuparme yo? ¿Por ti? –chilló, mientras le propinaba otro tajo al pollo–. ¡Te garantizo, Max Logan, que tengo cosas mejores en que pensar!

De pronto, sintió que él la estaba tocando. Se le había acercado por detrás y estaba sujetándole la muñeca con una mano, mientras le quitaba el cuchillo con la otra.

–Si sigues así, acabarás cortándote...

–¡Como si te importara mucho!

–Pues sí me importa. No me apetece que trocitos de ti acaben en mi plato.

–¡Qué insensible eres! –ella ya no podía aguantar más–. Todo esto no es más que una broma para ti, ¿verdad? Te importa un comino el daño que le haces a los demás con tus palabras.

–Lo que me importa es el daño que estabas a punto de hacerte tú –la apartó a un lado y comenzó a trinchar el pollo–. Ya estás bastante preocupada por que tus padres puedan adivinar que no estamos locamente enamorados como para darles más motivos si apareces en el aeropuerto toda vendada.

–No exageres. Me manejo perfectamente en la cocina, como tú bien sabes.

–Entonces, haz algo de provecho y descorcha esa botella.

–¡Hazlo tú! –saltó ella, irritada pensando en lo pronto que la había sustituido por otra. Ella había sido fiel. ¿Por qué no había podido serlo él?

–¿Y ahora, quién está siendo hostil sin necesidad?

Gabriella detectó la ironía de su voz y decidió ocuparse en algo para no saltar contra él.

–Al menos, yo no te he dado motivos de divorcio.

–Hay quienes piensan que abandonar a un marido es suficiente motivo para terminar un matrimonio.

–Entonces, ¿por qué no tomaste medidas para terminar el nuestro?

–Porque habíamos acordado que no había prisa para formalizar la ruptura, teniendo en cuenta la edad de tus padres, su salud y sus convicciones religiosas –la miró de reojo–. A menos, claro, que hayas encontrado alguna razón urgente.

–Yo no soy quien buscó a alguien a la semana de irme, ni quien tuvo tan mal gusto de dejar sus cosas por aquí para que yo las encontrara.

–Ni yo tampoco, Gabriella –repuso él con suavidad–. La mujer que consideras tan gran amenaza era una asistenta de cincuenta y nueve años que contraté para que mantuviera limpia la casa y me preparara las comidas. Pero lo dejamos después de un mes, porque no tenía suficiente trabajo y además, no era buena cocinera. Debió dejar esas cosas por olvido.

Gabriella se sintió ridícula y refunfuñó:

—¿Por qué no lo dijiste desde el principio?

—Porque tú sacaste conclusiones antes de que pudiera explicarte nada. Y ahora que ya hemos aclarado ese malentendido, sugiero que pongas buena cara, que sonrías y que brindes conmigo —le dio una de las copas de vino y alzó la otra— ¡Brindo por nosotros, querida esposa! —dijo en tono burlón—. ¡Que tus padres se dejen llevar por las apariencias con tanta facilidad como tú, y que vuelvan a casa convencidos de que su hija y su yerno están viviendo en plena dicha matrimonial!

Veinte minutos más tarde, estaban cenando en la terraza. Desde fuera parecían una pareja que disfrutaba de una noche tibia y agradable. Pero, por dentro, Gabriella estaba confusa. Por fin se atrevió a hacer la gran pregunta.

—¿De veras que nunca has estado con otra mujer, Max, después de mí?

—¿Por qué no me miras cuando me preguntas? —inquirió él con dureza.

«Porque...», pensó. «Porque duele mucho, porque eres demasiado atractivo, demasiado sexy, demasiado... todo excepto lo que yo más deseo: que seas mío».

—¿Gabriella?

Ella se recompuso y se quedó mirándolo fijamente. Él también a ella.

Su pelo negro brillaba como el Danubio por la noche. Su piel, bronceada, resaltaba sobre el blanco de su camisa.

Gabriella no podía negar que él era perfecto.

Devorarlo con los ojos solo podía evocarle recuerdos dolorosos, porque no era suyo.

Se obligó a sostenerle la mirada y dijo con serenidad:

—Ya te estoy mirando, Max. ¿Por qué no respondes a mi pregunta? ¿Has estado con alguien más después de mí?

Él hizo un gesto y desvió la mirada un instante.

—¿Quieres que te diga que he vivido como un monje desde que te fuiste?

—Quiero que me digas la verdad.

Él miró a lo lejos.

—No, Gabriella. No quieres la verdad. Si mal no recuerdo, tú no eres demasiado sincera, y creo que no sabrías cómo manejar este caso.

La respuesta de él fue como un dardo derecho al corazón de Gabriella. Él era sincero y su evasiva era equivalente a admitir su culpabilidad. Sin querer, ella recordó la noche en que había perdido su virginidad, y el exquisito placer que había sentido antes de que él se diera cuenta del engaño. Era experto haciendo el amor, generoso y paciente. ¡Y qué apasionado!

¿En verdad creía que toda esa virilidad habría permanecido dormida durante su ausencia? ¿Y que se habría sentido obligado a ser fiel a promesas que había hecho coaccionado?

No tenía derecho a esperar nada, puesto que nunca había dicho que la amara. Pero lo que más le dolía era lo fácil que sería volver a caer bajo su embrujo.

—Ya veo —contestó.

—Creo que no —dijo él—. Pero la verdadera pregunta es si acaso te importa lo que yo haya hecho.

—Ni lo más mínimo —mintió dolida.

—¿Debo interpretar que tu indiferencia es porque ha habido otros hombres en tu vida?

—No —dijo con sinceridad—. No te he sido infiel ni una sola vez. Ni siquiera he tenido la tentación de serlo.

—¿Ni siquiera con esos chicos con los que apareces en las fotos?

—Por supuesto que no.

—¿Por qué iba a creerte? —preguntó, sirviendo más vino en las copas.

—Porque te digo la verdad.

Una sonrisa irónica se dibujó en la boca de Max.

—¿Lo mismo que cuando me dijiste que estabas embarazada? ¿Igual que insinuaste que habías tenido un montón de amantes antes de mí?

—Ya no soy esa persona.

—Claro que lo eres, Gabriella. El interior de las personas nunca cambia. Solo fingen que cambian.

—¿Cuándo te volviste tan cínico, Max? —le preguntó con tristeza—. ¿Fui yo quien te volvió así?

—¿Tú? —cortó él—. No seas tan engreída.

El dolor de Gabriella se acrecentaba como si se estuviera quemando por dentro. Se había propuesto no desmoronarse delante de él y lo intentó, pero de pronto las lágrimas se agolparon en sus ojos.

Él se dio cuenta y se puso en pie, advirtiéndole con voz tensa:

—¡No empieces! No te atrevas a ponerte a llorar solo porque no te he dado las respuestas que querías. Ya sé que antes siempre te salías con la tuya llorando, pero ahora no vas a conseguirlo.

Cuando empezó como modelo, Gabriella echaba tanto de menos a Max, que muchas noches no podía dormir y luego estaba seria y ojerosa y no conseguía sonreír ante la cámara. Pero con el tiempo había aprendido a poner buena cara cuando quería y había encerrado sus sentimientos bajo una máscara de elegancia.

—Siento decepcionarte —dijo Gabriella poniéndose en pie con gracia—. Dejé de llorar por ti hace tanto tiempo que ya se me ha olvidado cómo hacerlo.

—No finjas. Sé muy bien lo que he visto.

—Lo que viste solo fue remordimiento por mis errores del pasado. Una debilidad pasajera que no me puedo permitir porque el llanto es malo para el cutis y yo vivo de mi cara. Buenas noches, Max. Ya he trabajado bastante por hoy. Si te sientes con ánimo, podrías intentar poner los platos en el lavavajillas, suponiendo, claro, que recuerdes cómo se abre. Ah, y otra cosa. Por favor no hagas ruido cuando te acuestes. De verdad necesito dormir para recuperarme.

Capítulo 3

SI hubiera tenido otra opción, no habría pasado la noche en el mismo dormitorio que ella. Pero no la tenía, y le dio un par de horas de ventaja antes de acostarse.

Ella dormía en el borde de la cama y él se acomodó en el otro extremo, dejando mucho espacio entre los dos.

Mientras dormían, los dos se movieron y acercaron, de modo que cuando Max despertó de madrugada, ella estaba acurrucada con la espalda apretada contra el pecho de él. Llevaba un camisón corto de algodón, que se le había subido, y él tenía la mano apoyada sobre la piel desnuda de su vientre terso y tibio. Se percató de que estaba reaccionando.

Ella se estiró un poco y se giró de cara a él. Abrió los ojos y se quedó muy quieta.

Durante unos segundos, se miraron, y luego se dieron la espalda. Él pensó que quería ir al baño y se levantó. Pero tres horas más tarde, mientras estaban desayunando, tuvo la misma reacción física al mirar a su esposa. ¡Pero si estaban separados!

—¿Vas a venir conmigo al aeropuerto esta tarde? —preguntó ella con indiferencia.

Él la miró por encima del periódico. ¿Cómo podía ser tan fría? Él se excitaba solo de pensar en la noche anterior.

–No lo tenía previsto –dijo él imitando la indiferencia de ella–. Hace mucho tiempo que no os habéis visto y supongo que querrán tenerte un rato para ellos solos.

Ella solo se encogió de hombros y le mostró la cafetera.

–¿Quieres un poco más de café?

No había duda de que ella había madrugado. Había molido café y hecho almíbar para las tortas. También se había arreglado las uñas.

¿Y el resto de ella? Esbelta y elegante, perfectamente peinada y fresca como una rosa.

–No –contestó, cerrando el periódico–. Tengo que irme –«rápido, antes de que mi imaginación se vuelva loca recordando la noche pasada», pensó.

–¿A qué hora piensas regresar?

–Tan tarde como sea posible. Así correremos menos riesgo de estropear la función.

Los ojos de ella se clavaron en él.

–¿Pero cenarás con nosotros?

–Claro. Eso forma parte del trato.

–¿Y recordarás que hará falta algo más que tu mera presencia para que la cosa resulte?

–¿Cuánto más? –preguntó él, para molestarla.

–Tanto como haga falta.

La frase se le quedó en la cabeza todo el día. Para cuando llegó al ático, sus temores sobre las dos semanas siguientes se habían convertido en curiosidad. No entendía por qué, pero tener a Gabriella cerca lo llenaba de energía.

Nada más llegar, vio al trío sentado en la terraza. Era obvio que la conversación era tensa. A pesar de su delicada salud, Zoltan era aún muy atractivo. Miraba con fijeza a Gabriella mientras esta contestaba a una pregunta de su madre. María Siklossy, se inclinaba hacia ella con cara de preocupación.

Gabriella estaba más elegante y perfecta que nunca.

La conversación era en húngaro, y Max solo entendió tres palabras. Tokio, Roma y Vancouver.

Estaba claro que trataba de explicar por qué tenía tres direcciones mientras que su marido solo tenía una. Y Zoltan y María no estaban convencidos.

Max se aflojó la corbata, se arremangó, y entró a intentar calmar las preocupaciones de sus suegros.

A juzgar por la cara de alivio de Gabriella, había entrado en el momento justo. Ella se levantó como con un resorte y exclamó:

—¡Ya estás en casa, Max! No te esperaba hasta más tarde.

—Te echaba demasiado de menos, bomboncito —contestó él inmerso en su papel.

Ella se quedó boquiabierta.

—¿Bomboncito?

No podía dejar pasar la ocasión. Alzándola en brazos, Max le plantó un largo beso en los labios entreabiertos. Tenía el sabor de las cerezas.

Por un instante, ella se resistió al abrazo, pero luego se abandonó. Sus senos, firmes y pequeños, se apretaron contra el pecho de él; tenía los pezones erguidos. Se sonrojó.

Ella le había impuesto el papel de galán, y él decidió disfrutar del momento. Al menos eso era lo que pensaba, pero parte de su anatomía pensaba de otro modo y estaba llena de entusiasmo. No tuvo más remedio que alejarse un poco, pero retuvo a Gabriella por la cintura.

—Me alegro de verte de nuevo, Zoltan —dijo estrechando la mano de su suegro—. Y a ti, María. Bienvenidos a Canadá —se inclinó a besarla en la mejilla y ella le tomó la cara entre las manos. Tenía los ojos llenos de lágrimas y le murmuraba frases cariñosas en húngaro—. ¿Qué estáis bebiendo? —preguntó.

—Té helado —murmuró Gabriella—. ¿Quieres un poco?

—Podríamos celebrar la llegada de tus padres con algo más emocionante, ¿no crees? ¿Qué os parece champán? A menos que prefieras algo más fuerte, Zoltan...

—Un vaso de vino estaría bien.

De momento había calmado las sospechas de María, pero Zoltan era más difícil y lo escudriñaba como una fiera a su presa.

—De acuerdo. Voy a hacer los honores —se sentía tan incómodo como la noche en que lo habían sorprendido medio desnudo en el palacio de los Siklossy. Gabriella se quedó recogiendo los vasos del té.

Poco después, lo siguió a la cocina.

—¿Qué ha sido toda esa comedia? —preguntó ella.

–Hacía mi papel de buen anfitrión –contestó Max, sabiendo que no se refería al ofrecimiento de champán–. ¿Qué vas a servir de cena?

–Salmón asado. ¡Pero si vuelves a hacerme una escenita como esa acabarás de cabeza en el horno!

–Tu dominio del idioma es cada vez mejor, Gabriella. Estoy impresionado.

–Pues yo no. ¿A quien crees que estabas engañando con esa escena tan ridícula?

–A tu madre, desde luego. Y si tu padre aún tiene dudas sobre lo nuestro, también se las quitaré.

–Pero no repitiendo una actuación como la de antes.

–¿Quieres decir que no te agradó nuestro intercambio?

–¡Ciertamente, no! –exclamó ella, sonrojándose aún más.

–Si sigues diciendo mentirijillas como esa, Gabriella, te crecerá tanto la nariz que no podrás trabajar de modelo nunca más. Venga, admítelo. Casi te desmayaste de placer cuando te besé.

–No fue placer, fue shock.

–¿Shock? No veo por qué. ¿No fuiste tú quién me aleccionó esta mañana sobre la necesidad de actuar como un marido embelesado?

–Cariñoso, pero no embelesado, Max. ¡Y desde luego, no libidinoso! La próxima vez que vayas a mostrarme afecto, no te entusiasmes tanto. ¡Y nunca vuelvas a llamarme «bomboncito»! Es lo más ridículo que he oído en toda mi vida.

«Qué demonio de mujer», pensó Max mientras

ella se alejaba con una bandeja llena de canapés. No podía entenderla. Cambiaba de parecer a cada segundo.

La cena fue una pesadilla. Un campo de minas a punto de explotar. Tantas preguntas, que había que contestar con tacto para aparentar que era feliz, agotaron a Gabriella.

En cuanto a Max, ella lo habría estrangulado. Sonriente, cordial, dijo e hizo todo lo correcto, sin dar un solo paso en falso. Trató a su madre como a una reina, y a su padre con tanta deferencia que hasta le pidió que escogiera el vino para la cena. Y a ella, le echaba miradas maliciosas, o de repente, la sorprendía con un beso en el cuello. Su actuación iba mucho más allá de lo que ella esperaba y la noche estaba resultando muy complicada.

—María, me ofende que me lo preguntes —susurró con su voz de barítono—. Claro que sacaré tiempo para llevaros a ver los lugares de interés. Se me ocurre que cuando os recuperéis del viaje, a lo mejor, os gustaría hacer alguna visita más lejos. ¿Qué opinas, Gabriella? ¿Los llevamos a Banff para que vean las Rockies? Podría alquilar un jet privado, ya que el viaje en coche sería largo.

—¿Qué opino? —rugió ella cuando estuvieron solos en la cocina—. ¡Opino que estás loco! ¿A quién estás tratando de impresionar con eso de alquilar un jet?

—Pues a tus padres, corazón. ¿A quién iba a ser? —repuso él aparentando inocencia—. Solo estoy intentando ayudar y cumplir con mi parte del trato.

–Pues no lo intentes tanto –espetó ella.

–De acuerdo. Les diré que, pensándolo bien, Banff en julio no es muy buena idea. Demasiadas flores, demasiado sol... y demasiado de ti.

–¡No harás eso, Max Logan!

Él hizo una pausa antes de abrir la puerta.

–Qué diablos, Gabriella. Aclárate. ¿Quieres mi ayuda durante las dos próximas semanas para que tus padres se vayan contentos, o no?

–Sí, necesito tu ayuda –dijo ella sin fuerzas. El problema era que quería mucho más y, estando tan cerca de él, oliendo su piel y su pelo, se le llenaban los sentidos y no podía pensar.

Pero no era tonta y sabía que él no la quería. La noche anterior, cuando al despertar, sus cuerpos estaban pegados, él se había apartado de un salto. ¿Cómo iban a conseguir mantener las apariencias estando juntos todo el día mientras estuvieran de viaje con sus padres?

–¿No es muy duro para vuestro matrimonio el que Gabriella pase fuera tanto tiempo? –preguntó el padre cuando Gabriella regresó al comedor. Era justo la pregunta que ella más temía y estuvo a punto de regresar a la cocina.

Pero Max no se alteró lo más mínimo.

–Gabriella quería tener un trabajo. No estaría en mi derecho interferir en eso.

–¡Pero tú eres su marido! –Zoltan dio un leve puñetazo sobre la mesa.

–Su marido, sí, pero no su guardián, Zoltan.

–Eso a mí no me valdría. En mis tiempos, ser una esposa era todo el trabajo que una mujer podía desear.

Gabriella se sintió obligada a intervenir, y poniendo una mano sobre el hombro de Max, exclamó:

—Los tiempos ha cambiado, papá. Y las cosas son muy distintas en Norteamérica.

—Tal vez sean distintas, pero me parece que no son mejores. Tu sitio es precisamente donde estás ahora. Al lado de tu marido.

—El trayecto entre Roma o Tokio y Vancouver es largo, Zoltan. Las cámaras adoran a Gabriella y un poco de separación es inevitable cuando un hombre está casado con una modelo tan solicitada como ella —y con una mirada angelical se dirigió a Gabriella—. ¿Verdad, cariño?

—Sí —murmuró ella—, desde luego.

—Y también hay que pensar en su edad —continuó él—. Ya no es tan joven y ese es un trabajo para jóvenes. Tiene que aprovecharlo mientras pueda, antes de que comience a estropearse.

—¡Por favor, solo tengo veinticuatro años! —protestó ella. ¡Le habría hundido la cara en el postre!

—¿Es eso lo que le dices a la gente? —le sonrió con benevolencia—. Además, Zoltan, estarás de acuerdo en que lo que importa es la calidad del tiempo que se pasa juntos...

—Esas horribles revistas dicen que vivís separados porque no aguantáis vivir juntos —intervino la madre con el tema que Gabriella más temía.

Max tomó la mano de Gabriella y la apretó cariñosamente.

—Precisamente por eso son terribles, María. Porque viven del sensacionalismo y no de la verdad.

–Sí, bueno, pero ¿se pueden tener hijos si...?

–Estoy seguro de que Gabriella quiere tener hijos –apuntó Max–. Dentro de un tiempo.

Lo que no dijo fue que, si los tenía, no serían de él. Ya lo había dejado bien claro, que no tenía interés en ser padre.

–Daría una fiesta, solo que no hay nada que celebrar –había dicho con amargura tiempo atrás, cuando ella confesó que se había equivocado y no estaba embarazada–. Los niños merecen tener unos padres con un compromiso mayor que haberse sentido obligados a casarse. No volverá a haber ninguna equivocación, Gabriella.

Y se cercioró de que no la hubiera. Las veces que se acostó con ella utilizó preservativos.

–No esperéis mucho tiempo –dijo la madre–. Zoltan y yo ya no somos jóvenes y me gustaría mucho poder abrazar a un nieto antes de morir.

Gabriella sabía que el temblor en la voz de su madre y el dolor de su mirada eran porque recordaba al hijo que había muerto durante la revolución. Estuvo a punto de gritar: «Te daré un nieto, mamá. Te lo daré. ¡Un niño que se llamará Stefan como mi hermano!»

Pero calló. Estar junto a Max la había convencido de que nunca querría a otro hombre que no fuera Max, y no podía hacer promesas que no podría cumplir.

–No sé si podré resistir esto, después de todo –dijo Gabriella cuando sus padres se habían retirado a descansar del largo viaje–. Dos semanas fingiendo, diciendo mentiras... Max, resulta mucho más difícil de lo que pensaba, y ¡aún quedan trece días!

Estaban en la cocina.

—Hubo un tiempo en que las mentiras te salían con mucha naturalidad. Nunca tuviste problemas en decirlas —dijo Max mientras salía a la terraza—. Supongo que te falta práctica, querida.

Ella se quedó mirándolo. Sus anchos hombros, su pelo negro, la espalda larga y esbelta.

Así lo había visto en el jardín de su casa en Budapest. Antes de que se diera la vuelta, ya sabía que era más atractivo que ningún hombre de los que había conocido. Y al mirar sus ojos, tan azules, supo que estaba enamorada de él y que lo estaría toda su vida.

Reprimió las lágrimas que se le agolpaban en los ojos y dijo con amargura:

—Quizás porque ya no necesito mentir para que la gente que está a mi alrededor me acepte.

Él la miró de reojo.

—¿Ha valido la pena, Gabriella, todo el dinero y la fama que has conseguido? ¿Han valido el precio que has tenido que pagar por ello?

—¿Qué precio? No tenía nada que perder.

—Tenías un marido y un matrimonio, cosas que antes decías que eran lo que más te importaban.

—Todavía los tengo.

—Solo de nombre.

Estaba secando una de las copas, delicada y finamente tallada.

—Eso fue lo que tú escogiste, Max. Yo estaba dispuesta a quedarme y hacer que nuestro matrimonio funcionara.

La risa de él demostró lo que pensaba.

—Antes de seis meses, ya te habías ido. Yo no diría que hiciste mucho esfuerzo.

–Y tú no hiciste nada para detenerme.

–¿Te habrías quedado si yo lo hubiera intentado?

–No –contestó ella tratando de mantener una voz calmada, porque las lágrimas se le saltaban–, porque tú no me querías. Nunca me quisiste.

Tenía que reprimir las lágrimas antes de que él se diera cuenta. Si no, la batalla estaría perdida y él soltaría algo cruel como: «guarda tus lágrimas para alguien a quien le importen», o aún peor: «No. Nunca te quise. ¿No es agradable que al menos estemos de acuerdo en eso?»

Decidió que no le daría ese gusto, y al secarse el llanto con una esquina del paño de cocina, golpeó la copa, que cayó estrepitosamente al suelo.

–¡Oh! –exclamó mientras se agachaba a recoger los pedazos.

–¡Ten cuidado! –exclamó Max cruzando la cocina–. Por favor, Gabriella, estás llenándolo todo de sangre.

¿Cómo era posible que se hubiera herido y no sintiera nada? Recogió todos los trozos e intentó poner parte sobre el tallo de la copa.

–Quizás, si guardo todos los trozos, puedan arreglarla. Hoy en día hacen milagros reparando tesoros rotos.

Aunque trató de controlarse, las lágrimas rodaron. Pensó en lo fea que debía de estar.

Curiosamente, la voz de él no era desdeñosa, sino más bien cálida y amable.

–Me temo que haría falta un milagro, cariño. Esto no hay quién lo arregle. Vamos a echarlo a la basura y olvidarlo.

–Pero es una de la docena que recibimos como regalo de bodas, Max. Ahora estará incompleta.

–Es una lástima, pero ya deberías saber que hay cosas que no se pueden arreglar, a pesar de lo mucho que uno lo desee.

–Algo así como lo nuestro –dijo ella, pensativa–. Se supone que somos pareja, pero no lo somos. No hay un lazo que nos una.

¿Dónde estaba su orgullo?

–No convirtamos un pequeño accidente en un melodrama –exclamó Max, y se alejó, como si temiera que ella se arrojara a sus pies pidiéndole afecto.

La respuesta de Max la sacó del pozo de autocompasión en el que estaba a punto de caer. Tomó una servilleta de papel y se la enrolló en el dedo.

–Por una vez, tienes toda la razón. Algunas cosas se rompen y no se pueden arreglar.

«Incluso nuestro matrimonio, y cuanto antes me convenza, mejor», pensó.

Él la miraba con ojos inescrutables.

–Si fuera de mi incumbencia, te diría que estás horrible. ¿Estás segura de que te encuentras bien?

–Y ahora ¿quién está dándole importancia a algo que no la tiene?

–No me refiero a tu dedo –repuso Max, acercándose a ella y alzándole la barbilla de modo que tuvo que mirarlo–. Lo que me preocupa eres tú. ¿Descansas lo suficiente?

–Por lo general, sí. Pero estas últimas semanas, y en especial los dos últimos días han estado llenos de tensión. Aunque no lo creas, no disfruto nada engañando a mis padres.

–¿Entonces, por qué no les dices la verdad, y acabas de una vez?

–Oh, Max. Tú ya sabes por qué. Seguro que te has dado cuenta de lo mucho que han envejecido en estos dos años. Sobre todo, mi padre. El divorcio está en contra de todas sus creencias, y lo mataría saber que nuestro matrimonio es un fracaso. Sería diferente si vivieran aquí y pudieran ver que la vida sigue aunque una pareja se rompa. Pero pertenecen a otra época. No entienden la forma moderna de comportarse y yo no tengo fuerzas para destruir sus ilusiones. ¿Qué daño hacemos en hacerles creer que nuestro matrimonio es tan sólido como el suyo?

–Mucho, si te quedas destrozada como ahora.

–Solo es un dolor de cabeza. A veces me dan cuando estoy bajo presión.

Max hizo que se diera la vuelta, y comenzó a masajearle los hombros. El calor y la fuerza de sus dedos aliviaron la tensión de los músculos de Gabriella. Sentía que la cabeza le pesaba y la apoyó sobre la encimera. Su vestido dejaba la espalda descubierta, y él fue apretando vértebra a vértebra. Ella sentía la respiración de él como una caricia.

–¿Sientes algo de alivio? –le preguntó Max.

–Mucho más de lo que te puedas imaginar.

Poco a poco fue bajando, le abrió la cremallera y abarcó su torso presionando en círculo desde la cintura. Más y más hasta que los dedos casi rozaron el lado de sus senos.

«¿Alivio?», pensó ¿A quién quería engañar? Era electrificante. Lo más sensual y delicioso que había sentido jamás».

Ella sintió el aliento de Max en el pelo, y entonces, ¡qué sorpresa!, sus labios, calientes y húmedos en su oreja. Aquel beso, suave y sensual, retumbó en lo más profundo de su alma.

Lo que empezó como un susurro de placer terminó en un gemido.

—Maaax... —murmuró.

Debía de haberse callado. Su voz había roto el embrujo. El beso terminó. Él retiró las manos, subió la cremallera del vestido y se apartó.

—Diez minutos en una bañera caliente te aliviarán más que esto —exclamó con dureza.

Ella sabía de antemano que la respuesta iba a ser que no, pero lo intentó.

—¿Quieres bañarte conmigo?

—No, gracias. Me he traído trabajo y será mejor que me ponga a hacerlo. Espero que esta noche duermas mejor.

¿Cómo se atrevía a mostrarle un trocito de paraíso para luego quitárselo? Irritada por la decepción, le contestó cortante:

—Puede que lo consiga si te pones un pijama.

Él se detuvo.

—¿Cómo sabes que anoche no me lo puse?

—Cuando me desperté esta mañana, tu torso no estaba cubierto, ni por la sábana ni por nada más.

—¡Debería darte vergüenza, Gabriella! —la reprendió—. ¿Me estuviste espiando mientras dormía?

—¡De espiarte, nada, Max! No estoy ciega, y con tu tamaño, es muy difícil no verte.

Max se volvió hacia ella, sonriendo.

—Voy a interpretar eso como un cumplido, querida.

Ella no se sonrojó ni desvió la mirada. Decidió vengarse del comentario que hizo sobre su edad durante la cena.

—Creo que deberías ponerte a dieta. No me fijé mucho, Max, pero me pareció que estás algo gordo.

Era una mentira y él lo sabía. Por eso se rio cuando ella se marchó hacia las escaleras.

Ya en su habitación, Gabriella se dejó caer en una silla, con el corazón alterado. Con suerte, resistiría los trece días. Pero, ¿y las noches? Eso era otra cosa.

Capítulo 4

LOS días siguientes pasaron sin grandes problemas. Gabriella y sus padres hicieron turismo y fueron de compras, y ella se alegró cuando dijeron que preferían no viajar. Así que pasó muchas horas tranquilas sola con ellos.

Fueron unos días llenos de sol y de amor. Excepto, claro, por parte de su marido.

El jueves, él la telefoneó por la mañana.

—Lee la columna de sociedad en el periódico de hoy —no había dado ni los buenos días—. Tu llegada a la ciudad no ha pasado desapercibida. Estate preparada porque el resto de los medios se echarán sobre ti. Mi asistente ya ha recibido unas cuantas llamadas.

—Las entrevistas forman parte de mi profesión —replicó Gabriella indiferente—. Ya estoy acostumbrada a manejarlas.

—Sin duda. ¿Pero, cómo vas a reaccionar si alguien te pone un micrófono en la cara y te pregunta si es cierto que nuestro matrimonio tiene problemas? Por la forma en que reaccionaste el otro día cuando tu madre lo preguntó, deduzco que vas a tener problemas en dar una respuesta convincente. ¿Por cierto, dónde están tus padres? Espero que no estén escuchando.

–No, Max –contestó ella con el mismo sarcasmo–. Nunca se les ocurriría cotillear una conversación privada. Pero, si quieres saberlo, mi padre está en la piscina y mi madre está vigilándolo para que no se exceda. En todo caso, si algún periodista me pregunta detalles sobre mi relación contigo, responderé lo que siempre respondo. Que tengo derecho a mi intimidad.

–Pero querida... –replicó burlón–. Hay muchos comentarios. Apareces después de muchos meses y en el aeropuerto no te espera tu amante esposo. Y te sacan una foto en la que estás más seria que si te hubieran sentenciado a la cárcel. Luego, has estado en todos los lugares de moda con dos huéspedes de edad, y sin tu marido. Date cuenta, Gabriella, la situación requiere que tomemos cartas en el asunto.

Por el tono de su voz, ella supo que él ya tenía un plan.

–¿Y qué propones que hagamos?

–Para empezar, que comamos juntos con tus padres en mi club. El periodista de esta mañana siempre está por allí en busca de cotilleos, y podemos darle su ración. Mandaré un coche a buscarte a las once y media.

El coche no era un taxi normal, sino una limusina negra con chófer uniformado. Zoltan no hizo ningún comentario, pero a María le agradó mucho.

–Qué agradable –exclamó, hundiéndose en el asiento de cuero–. Elegante y digno, como solía ser nuestra vida antes de los problemas.

No necesitaba decir más. Gabriella había oído eso desde que era niña. Algunas personas se habían adaptado, pero María no. Ellos habían perdido demasiado, incluso un hijo.

Cuando llegaron a la puerta del club, Max estaba esperándolos. Antes de que él hiciera una de sus fingidas muestras de afecto, ella le dio un beso en la mejilla y se alejó un poco.

–¿Te hemos hecho esperar mucho?

–Para nada, cariño –contestó él y ella notó el tono burlón de su voz–. He llegado hace un par de minutos.

Había reservado una mesa con vistas al puerto y ya tenía elegido un vino de reserva y el menú. Y durante la comida, no dejó de apretar su rodilla debajo de la mesa contra la de ella ni de agarrarle el hombro o la mano con cualquier pretexto. «Pásame el pan, cariño. Toma un poco más de salsa, Gabriella. ¿Qué te parece si tomamos fresas de postre?»

Era pura comedia, lo sabía, y tenía que agradecerle que hiciera tantos esfuerzos para demostrar su devoción marital. Pero su proximidad, su calor, su olor, la estaban volviendo loca.

Quería decirle que no la tocara, que no la asfixiara y que no le robara el corazón, pero no lo hizo. Valía la pena aguantarse, no solo por el reportero de sociedad que estaba en una mesa cercana, sino por el alivio que mostraban sus padres ante tales muestras de cariño.

Cuando Max dijo que se tomaría la tarde libre para pasarla con ellos, ella supo que iba a pagar un alto precio.

Al salir de una galería de arte, María se detuvo a admirar unas sortijas de diamantes frente a una joyería famosa.

–Qué cosas tan bonitas –suspiró–. Pero ninguna lo es tanto como tu alianza, Gabriella. Por cierto, veo que no la llevas puesta.

Gabriella no sabía qué decir y miró a Max.

–Cuando Gabriella está viajando, la guardamos en casa, en la caja fuerte –intervino él–. Así hay menos posibilidades de que se pierda o se la roben.

–Pero ahora no está de viaje –dijo el padre–. A mí me parece que una esposa siempre debe llevar puesto el símbolo del matrimonio, sobre todo cuando no está con su marido, para recordarle lo más importante de su vida.

Como si la idea de que Gabriella pudiera olvidarse de él fuera muy graciosa, Max se rio.

–Puesto que te han gustado tanto las joyas del escaparate, María, entremos y te presentaré al hombre que las ha creado. Gio Salvatore es un viejo conocido mío y estoy seguro de que le encantará mostrarte otras de sus obras.

La tienda era muy discreta y silenciosa. Gio Salvatore también era un hombre discreto y saludó a Max con agrado sincero.

–Es un honor –dijo al conocer a Gabriella y a sus padres–. Si hay alguna pieza que les guste examinar con más detalle, no duden en decírmelo.

Max, viendo la timidez de María, la hizo acercarse a las vitrinas.

–No seas tímida, María. Si algo te gusta, pruébatelo.

–No –dijo ella–. Solo quiero mirar.

Los ojos se le iban detrás de las joyas. Gabriella sabía que era por el recuerdo de todo lo que habían tenido que vender para poder reparar la casa. Aunque formaban parte de la vieja aristocracia, lo habían perdido todo.

Desde que se hizo famosa, Gabriella intentó muchas veces facilitarles la vida, pero ellos no lo consentían y nunca quisieron aceptar dinero suyo.

–Mamá –susurró Gabriella–, me harías muy feliz si escogieras algo y me dejaras que te lo regalara como recuerdo de tu visita.

–Esas cosas tan finas no me importan –le contestó–. Saber que Max y tú estáis tan enamorados vale más que todas las joyas del mundo.

Gabriella se sintió avergonzada y a punto de llorar. O su madre estaba ciega, o ella era una embustera consumada.

Max la vigilaba y se le acercó.

–Cariño –le dijo con una ternura inusual, agarrándola por los hombros, y alejándola de su madre–. Hay una pieza que tienes que ver. Parece que esté hecha especialmente para ti.

Poco a poco, la fue llevando al otro lado de la tienda y le mostró un colgante de aguamarina. Quería ser amable y darle la oportunidad de reponerse. Pero Gabriella estaba tan sensible, que se le saltaron las lágrimas.

–Así no vamos a ninguna parte –murmuró, dándole un pañuelo–. Van a descubrirnos si sigues así.

–¡Mi madre cree que estamos enamorados, Max! –lloriqueó–. ¿Cómo puedo dejar que lo crea?

–Quizás no puedas. Tal vez esto sea un engaño demasiado grande, incluso para ti. Pero antes de que decidas decir la verdad, considera lo mucho que le va a doler oírlo. ¿Estás dispuesta a pagar un precio tan alto, Gabriella?

–No. Tal vez debería haberlo dicho al principio. Pero ya es demasiado tarde para volver atrás. Solo que no sabía que me iba a resultar tan...

«Doloroso estar cerca de ti. Saber que estamos fingiendo en algo que desearía fuera verdad», pensó ella.

–¿Difícil? –sugirió él–. Por favor, Gabriella, ¿puede ser que tu éxito te haya obligado a madurar? ¿O es que todo esto es un intento de burlarte de mí?

A Gabriella le habría gustado darle una bofetada, pero su esmerada educación y el miedo a ser descubiertos se lo impidió.

–Oh –murmuró–. Cuando casi empezaba a gustarme el hombre con quien me casé, me recuerdas que es un esfuerzo inútil.

Simplemente, él no contestó con igual sarcasmo.

–Supongo que me merezco esto. Mi comentario estaba fuera de lugar y te pido disculpas. Parece que esto nos está resultando a ambos más duro de lo que pensábamos. Voy a entretener a tus padres mientras tú recuperas la compostura. Cuando estés lista para verlos, telefonearé para que el coche os recoja y os lleve a casa.

–¿No vienes con nosotros?

–No –contestó él, mirando el reloj–. Tengo que volver a la oficina. Ah, antes de que se me olvide. No estaré en casa para la cena.

–Oh, Max, ¿por qué no? Contaba contigo.

–Porque para comer con vosotros tuve que cancelar un compromiso previo y lo aplacé para esta noche –informó con aspereza..

–¿Ah, sí? –preguntó decepcionada–. ¿Y lo siguiente que vas a decir es que es una cita de trabajo?

Él la miró con dureza y contestó indiferente:

–Eso no es asunto tuyo, Gabriella.

–¿Por qué no? –inquirió furiosa, recordando la conversación de la primera noche–. ¿Porque vas a verte con la mujer que reconociste que habías estado viendo?

–¡Claro! –su voz y sus ojos eran fríos como el hielo–. Nuestros encuentros siempre son en mi oficina. Lo hacemos sobre el escritorio cuando todos se han ido. Claro que hay que tener cuidado de que no nos pillen los de la limpieza, aunque eso le añade un poco de aventura. ¿Es eso lo que querías oír?

–No –repuso Gabriella, tan mortificada que no lo podía mirar–. Reúnete con ella con mi bendición, y si no quieres volver por la noche, no vuelvas.

Pensó que le haría un favor si no volviera. Ya había estado a punto de romperle el corazón y, cuantos más motivos le diera para desconfiar y despreciarlo, más fácil sería separarse de él sin resultar herida.

–Dudo que llegue a tanto. Pero puede que vuelva tarde, así que no me esperes despierta.

–Ni se me ocurriría. No quiero entretenerte más. Muchas gracias por la deliciosa comida. Espero que tu.... cena sea como tú desees.

–De nada. Y gracias. Espero que lo sea.

Max se despidió de los padres y se dirigió hacia la puerta. Gabriella se quedó pensando en que era un hombre hecho para los negocios y no para la vida doméstica. Él nunca le dio a entender otra cosa, y si se había casado con ella, era porque tenía sentido del deber. Creía que era responsable de sus errores y, por eso, seguramente, no había hecho nada por poner fin a su matrimonio. Eso era algo que tendría que hacer ella.

En lugar de quedarse en casa esperando a que él llegara, Gabriella decidió llevar a sus padres a cenar a un pequeño restaurante francés. Regresaron dando un paseo y, cuando llegaron a casa, Max ya estaba allí, tumbado en el sofá. Se había cambiado y llevaba vaqueros y una camisa de sport. «¿Acaso porque tenía manchas de carmín en el cuello de la camisa?», pensó ella.

–Hola –dijo levantándose para cederle el sitio a María–. Estaba considerando enviar un pelotón de rescate en vuestra búsqueda. ¿Qué pasó? ¿La limusina vino por el camino más largo?

–Salimos a cenar –contestó Gabriella dejando el bolso en una silla–. No tenía ganas de cocinar.

–La próxima vez, intenta dejarme una nota, cariño. Si hubiera sabido dónde estabais, habría ido a buscaros.

–Dijiste que ibas a cenar fuera y que llegarías tarde –le recordó con dulzura.

–Cambié de opinión –se acercó a ella, y le acarició la cara–. ¿Dónde fuisteis?

–A Pierre's.

–Eso está un poco lejos. ¿Cómo fuisteis?

–Fuimos andando –contestó ella. Por favor, Max, si te hiciera todas esas preguntas, me dirías que no son de mi incumbencia.

–Un marido tiene derecho a preocuparse cuando su esposa se ausenta si es tan conocida como tú –contestó cortante–. Por la noche las calles no son tan seguras como antes.

«¿Preocupado? Más bien, desconfiado», pensó Gabriella, y se alegró de haberlo hecho sufrir un poco. Le contestó con un tono igualmente cortante:

–Estuve ausente poco tiempo, y no estaba sola. Y parece que te olvidas que estoy acostumbrada a cuidar de mí misma.

Dándose cuenta de que la conversación había derivado de la curiosidad a la hostilidad, Max le dio un beso en los labios y dijo:

–Tienes razón, y te pido disculpas. No tenías forma de saber que había cambiado de planes.

–Solo por curiosidad, ¿por qué lo hiciste?

–La persona que quería ver no podía quedar.

«¿La persona?¿La mujer?», pensó Gabriella, irritada, pero fingió una sonrisa llena de dulzura.

–¡Qué lástima! ¿Fue una decepción para ti?

–No. Más bien me alegró. Tú y yo pasamos poco tiempo juntos, y estaba deseando que llegara esta noche porque tengo algo para ti.

Salió de la sala y regresó con una botella de coñac y dos estuches de cuero. Le presentó el más pequeño a María.

–Estos son para ti, María. A Gio le pareció que te habían atraído y espero que sean de tu gusto. Si no, podemos cambiarlos por otra cosa –eran unos pendientes, pequeños y delicados, con una lágrima de jade sujeta en un pequeño diamante. Un regalo exquisito, caro pero no ostentoso, que la madre estuvo encantada de recibir–. Y esto –continuó, abriendo el otro estuche y sacando el colgante de aguamarina–, es para mi esposa, porque es la única mujer que conozco suficientemente bella para hacerle justicia.

Gabriella se quedó mirando el collar, consciente de que todos esperaban una reacción llena de entusiasmo, pero solo pudo exclamar:

–¿Para qué es esto?

–Pues para lucirlo, cariño. Póntelo para que veamos como te queda.

–¡No!

El gesto de Max hizo que ella se diera cuenta de que estaba abusando de su paciencia. Había hecho un gran gesto para impresionar a sus padres y ella debía corresponder.

–Venga, Gabriella. ¡No muerde!

–No llevo la ropa adecuada. Una cosa así necesita un traje de noche, algo elegante y lujoso.

–Solo te necesita a ti –le alzó los cabellos y abrochó el collar. Le puso las manos sobre los hombros y la hizo volverse hacia sus padres–. ¿Qué opinas, Zoltan? ¿Le queda bien?

–Es precioso –el padre estaba visiblemente emocionado–. En los viejos tiempos nuestra hija habría crecido dando por normales cosas tan bellas. Pero las cosas no son como eran y te agradezco de todo corazón que le hayas restituido el tipo de vida que podríamos haberle dado nosotros.

–En ese caso, estoy doblemente contento de haberlo escogido –contestó. Gabriella estaba quieta, sin poder mostrar ni un ápice de entusiasmo y Max se dirigió a ella con una mirada de reproche–. Aunque mi esposa desee que no lo hubiera hecho.

–No es que no aprecie el detalle –contestó por fin–. Es que me siento rara luciéndolo cuando es algo para ocasiones muy especiales. Me temo que pasará la mayor parte del tiempo en la caja fuerte, junto con el resto de mis joyas.

Max metió la mano en el bolsillo de la camisa y dijo mientras sacaba la alianza:

–Por cierto... Pongamos esto en su sitio antes de que me olvide y acabe en la lavandería. Toma, cariño.

Él se lo colocó en el dedo, y le habría besado la mano, pero ella la retiró, como si quemara.

–¡No! ¡No puedo llevarlo!

No era lo que debía hacer, y se dio cuenta cuando ya era demasiado tarde. Su madre se había quedado perpleja.

–Gabriella, ¿qué te pasa? Deberías estar orgullosa de llevar la alianza.

–Lo sé –dijo compungida–. Y lo estaría si... –se interrumpió, para no decir que no sería capaz de resistir una repetición del día de la boda, cuando él le había puesto el anillo solo por sentido del deber, porque creía que estaba embarazada–, si no fuera –continuó sacando y metiendo varias veces el anillo en el dedo– porque, como podéis ver, me queda grande y se me sale y tengo miedo a perderlo.

–¿Qué esperas si tu idea de una comida es un tallo de apio y una uva?

–Oh, Max. Esa es una exageración, y tú lo sabes.

–¿Sí? –miró a sus padres–. Ya habéis visto cómo picotea la comida, y habréis notado que ha perdido al menos un par de tallas desde la última vez que la visteis.

–Pero no es por estar a dieta –insistió ella–. Es por viajar tanto y porque tengo una agenda muy apretada.

Y añadió para sus adentros: «Eso, y estar con el corazón en un puño por ti. ¿Has intentado comerte un filete, Max, cuando estás vacía por dentro y tienes un nudo en la garganta?»

–Lo que ha dicho tu padre es cierto. Ahora no estás de viaje y, antes de que te marches para tu próximo compromiso, quiero que recuperes el peso que has perdido.

–¡Como si te importara mucho! –ella no pudo reprimirse.

–Sí me importa –cortó él, molesto–. No me gusta que me vean con una esposa que parece un esqueleto. Y tampoco creo que sea buen ejemplo para las jóvenes de todo el mundo cuyo ideal es parecerse a ti.

–¡Entonces, será mejor que no te vean conmigo si tanto te ofende! Estoy bastante acostumbrada a estar sola y tú has reconocido que nunca...

Estaban lanzándose palabras de enojo, sin tener en cuenta a los padres, y el daño habría sido irreparable si él no la hubiera callado, de golpe, con un beso que la hizo estremecer.

Gabriella se quedó pegada a él como una muñeca de trapo. Lo miró a los ojos mientras él apretaba sus labios contra los suyos sin dejarla respirar. Ella intentó escabullirse, pero él le mordió un labio, demostrando que era él quien mandaba.

Lo más doloroso y humillante era que su cuerpo y su corazón disfrutaban de cada segundo. Tanto que, si no la hubiera tenido asida con tanta fuerza, ella habría sucumbido a sus pies.

Al notar que la había vencido, Max aflojó el beso y lo hizo de una forma tan dulce y persuasiva, que ella entreabrió los labios y permitió que la lengua de él recorriera su boca y acariciara su lengua, recordándole en qué consistía la intimidad.

Una llamarada de calor la invadió. Sus muslos temblaron y sintió que se derretía de deseo. Habría detenido ese momento para que durara para siempre. Era como un velo con el que se podía tapar toda la fealdad que rompía su matrimonio.

Pero él no pensaba lo mismo. Arrepentido, la estrechó fuertemente y apoyando la barbilla sobre su cabeza, se dirigió a los padres, que miraban la escena paralizados.

—Supongo que ya sabéis el secreto y no vale la pena fingir. La verdad es...

Horrorizada, porque él parecía preparado a revelar el engaño, Gabriella se zafó del abrazo.

—No, Max, por favor. ¡No lo hagas!

—A veces peleamos —explicó él en tono casual, arrimándola y apretándole la cara contra su pecho para que se callara—. Y soy el primero en admitir que suelo ser yo quien empieza. Pero la verdad es que me preocupa que Gabriella se fatigue demasiado trabajando de modelo. Me gustaría que pudiera pasar más tiempo en su sitio, aquí conmigo, para que yo la pueda cuidar, pero con la agenda que tiene, eso no es posible.

—Es porque la amas —murmuró María—. Lo entendemos. Y ella te ama a ti. Y las personas que se aman apasionadamente pelean con pasión.

—Y también se reconcilian con pasión, María —intervino él.

El inglés de María no era perfecto, pero entendió muy bien lo que él insinuaba.

—¡Marchaos! —dijo riendo entre dientes—. ¡Ya es hora de reconciliaros!

Sin soltar a Gabriella, Max agarró la botella de coñac y se la ofreció al padre.

—Zoltan, no podía imaginarte llevando pendientes, pero recuerdo que te gustaba el coñac bueno, así que esto es para ti. ¿Nos perdonarás si te dejamos que lo disfrutes tranquilo y en paz? —se volvió hacia Gabriella y le sonrió con malicia—. ¿Qué te parece, cariño? ¿Estás lista para seguir los consejos de tu madre?

Ella no tenía elección. Consciente de que sus padres los observaban, devolvió la sonrisa y lo abrazó por la cintura, dejándose guiar escaleras arriba.

Capítulo 5

LA comedia finalizó en cuanto llegaron al dormitorio.

–Bien –dijo él mientras se desabrochaba la camisa–. Creía que querías aparentar que éramos felices, pero estuviste a punto de estropearlo. ¿Te importaría decirme por qué?

–No soy estúpida, Max –contestó ella–. No sé por qué volviste pronto esta noche, pero sé que no era por querer estar conmigo.

–Pues, a decir verdad, sí era por eso. Me di cuenta de que no me comporté bien en la tienda de Gio.

–¿Así que pensaste que podrías sobornarme para que lo olvidara? –se desabrochó el collar y se lo lanzó–. No, gracias. No se me compra con tanta facilidad.

Él lo agarró al vuelo, impasible.

–¿Qué sugieres que haga con él?

–Dáselo a alguien que lo aprecie.

–¿Piensas en alguien en concreto o se lo doy a cualquiera?

–Oh, ¡déjate de juegos! –explotó ella–. Por no sé qué oscuras razones, esta noche decidiste ganar puntos extra con mis padres, haciendo el papel de

marido y yerno devoto. Tu actuación fue casi perfecta y se quedaron muy impresionados. Pero ya
ha caído el telón y solo quedo yo como público,
así que puedes dejar la falsedad.

Él se quedó mirando el collar que tenía en la
mano.

—No hay nada de falsedad en todo esto, te lo
aseguro. ¿Quieres ver el certificado de autenticidad? ¿O el recibo? ¿Te convencerías así de que
esto es auténtico?

—No pongo en duda la autenticidad de las joyas.
Es tu integridad la que está en juego. Una cosa es
fingir que estamos felizmente casados y otra, aparecer en casa con regalos caros e interrogarme
como si estuvieras preocupado por mí.

—No viniste hasta después de las nueve, y no
había señales de que hubieras vuelto a casa desde
esta mañana.

—No era consciente de que tuviera que infor-
marte sobre todos mis movimientos o de que había
toque de queda.

—Venga, Gabriella, ¿quieres dejar de hacer una
montaña de un grano de arena, y ser razonable
para variar? Tus padres son mayores, tu padre tuvo
que pedirle permiso al médico para viajar y tú eres
una mujer famosa, lo cual te hace vulnerable ante
cualquier loco. Claro que me preocupé cuando lle-
gué a casa y la encontré vacía.

—¡Basura! Estás tratando de justificar tu propio
comportamiento, haciéndome sentir culpable.

—¿Sabes qué? —dijo mirándola fijamente—. Estás
loca. Estás tan enredada en tus propias fantasías,
que no puedes discernir entre ellas y la realidad.

—La primera noche que pasé aquí, más o menos me dijiste que estabas viendo a alguien, y veo que es cierto, Max. No son cosas de mi imaginación, ni tampoco una mentira de esas que siempre me acusas de inventar. Cuando te lo pregunté esta tarde, no quisiste, o no pudiste, decirme que me preocupaba por nada. Por eso me compraste una baratija para acallar tu conciencia.

Max hizo oscilar el collar en un dedo y soltó una carcajada.

—¡Vaya baratija! Ya sé que piensas que soy muy rico, Gabriella, pero ni siquiera yo voy tirando por ahí el dinero.

—No cambies de tema. No es cuestión de dinero. Nunca se trató de dinero, aunque te guste pensar que me casé contigo por eso. Es una cuestión de principios... y... —ella intentó reprimir el llanto. ¡No iba a dejar que la hiciera llorar!

—Pues buena eres tú para sermonearme sobre principios, teniendo en cuenta cómo me atrapaste para que me casara contigo.

Ella estaba fuera de sí y se dejó llevar por las dudas y los celos.

—No soy yo quien tiene un amante de respuesto esperando.

—¡Por favor! —Max se acercó a ella—. Escúchame bien, Gabriella, porque te voy a hablar muy claro y no voy a repetirlo. No hay otra mujer..., ya no la hay.

—Pero la hubo —se lamentó Gabriella con un suspiro. El dolor de la confesión era tan agudo, que apenas podía hablar.

—Sí —dándose cuenta de que la había herido, él

le agarró las manos–. Pero no como tú crees. Cuando llegó el momento de romper los votos de mi matrimonio, no pude hacerlo.

Ella sentía un deseo perverso de castigarse aún más y le preguntó:

–¿Estás diciendo que nunca la besaste?

Él vaciló, con una mezcla de remordimiento y de diversión.

–Oh, sí que la besé –reconoció, enmarcando la cara de ella entre sus manos y acercando su boca a la de ella–. Pero nunca así.

Gabriella pensaba que nada podría igualar el torbellino que sintió cuando Max la besó para engañar a sus padres. Pensaba que nada podría borrar el dolor de saber que él había estado con otra mujer. Pero cuando él posó sus labios sobre los de ella, sin que mediara una obligación, su tristeza quedó atrás. Lo que contaba era la sinceridad de ese momento.

–Eres como una espina para mí, Gabriella –murmuró él–. Preferiría ignorarte, olvidar que te he conocido... Pero aun cuando estás en el otro lado del mundo, nunca me veo libre de ti.

–Y por eso me odias –susurró ella, no muy convencida.

–Me irritas al límite –contestó Max, besándole el cuello.

–Lo sé –suspiró Gabriella, consciente de que las manos de él se habían deslizado hasta sus caderas. Pensó que no debía ceder a su seducción, pero ya le había abierto la camisa y sentía la fuerza y el calor de su pecho, tan familiar.

–Me pones furioso –exclamó él mientras le bajaba la cremallera del vestido.

—Al menos, yo no he besado a ningún otro hombre desde que me casé contigo.

—¿Nunca vas a dejar que lo olvide, verdad? —preguntó él. El vestido había resbalado hasta el suelo. Se oyó el clic del sostén y ella sintió el calor de sus manos sobre los senos—. ¿Vas a hacerme chantaje con eso durante el resto de mi vida?

—No debería sorprenderte —contestó ella—. Sigues pensando que soy una bruja intrigante, siempre dispuesta a engañarte —se estremeció al sentir que él le mordisqueaba un pezón. ¿Se daba cuenta Max de las sensaciones que le causaba? ¿Sabía que estaba anhelante de deseo?

—Pero sí que me engañaste —insistió él, arrodillándose y besándola en el vientre—. Me dijiste que nuestro hijo estaba aquí dentro.

Ella temblaba, ansiosa.

—Creía que lo estaba. Mi regla se retrasó y me entró pánico.

—Me hiciste creer que otros hombres te habían tocado... aquí.

Max había puesto su mano sobre el pubis de Gabriella. Se daba cuenta de lo mucho que ella lo deseaba, de que era incapaz de mostrar indiferencia. Fue deslizando los dedos bajo su ropa interior hasta que estuvo dentro de ella. Con cada movimiento ella se sentía deshacer en mil pedazos. Soltó un gemido y se inclinó hacia él. Él la alzó sobre sus hombros y la llevó a la cama.

—No estás mintiendo ahora, ¿verdad, Gabriella? ¿Quieres hacer el amor, no es cierto?

Él ya sabía la respuesta, pero quería que ella se lo pidiera.

—Me es indiferente si lo hacemos o no —contestó ella, cerrando los ojos.

—Repite eso, mirándome —ella obedeció y mientras lo miraba, él se desabrochó el cinturón y bajó lentamente la cremallera—. ¿Todavía te es indiferente? —ella se mordió los labios y no quiso contestar—. Me quieres tocar, ¿verdad, amor mío?

—No —susurró ella, mientras deslizaba la mano para sentirlo. Era fuerte y poderoso, palpitante de energía.

—¿Entonces, quieres que te deje y vaya a darme una ducha fría?

—¡No! —ella se lanzó hacia él y trató de bajarle los vaqueros. Debajo llevaba unos slips blancos que contrastaban con sus muslos bronceados. ¡Y qué muslos, tan largos y musculosos!—. ¡Ayúdame! —le imploró, luchando contra los pantalones—. Me tienes como querías, desnuda y vulnerable. Yo también quiero verte.

Max se quitó el resto de la ropa.

—No tan desnuda, cariño —le arrancó las braguitas, y comenzó a explorar su cuerpo, primero con las manos y luego con la boca.

Le besó los ojos y el cuello, los codos, los pies. Cada una de sus vértebras. Y cuando ya había besado cada centímetro de su piel, le apartó las rodillas y acarició con la lengua el punto más secreto y sensible de su cuerpo.

Otras veces la había llevado al clímax, pero nunca de manera tan rápida y salvaje. Ella intentó resistirse para prolongar la delicia, pero su cuerpo lo había esperado demasiado tiempo y respondió con ansia. Espasmo tras espasmo, se aferró a él, sollozando su nombre.

Cuando ella dejó de temblar, él se tendió a su lado y la abrazó. Al ver las lágrimas que le rodaban por las mejillas, exclamó:

–¡Diablos, Gabriella! Haga lo que haga por complacerte, lo único que consigo es hacerte llorar.

Ella se rio y le acarició el torso.

–Me pillaste por sorpresa. Eso es todo.

–Sigue haciendo eso y volveré a sorprenderte –le advirtió–. Estás invadiendo un territorio peligroso, cariño, y a menos que estés dispuesta a sufrir las consecuencias, será mejor que me quites las manos de encima.

–Ni hablar –contestó Gabriella, aprisionándolo contra el colchón–. Tú ya te has divertido. Ahora me toca a mí –comenzó a besarle el pecho y Max sonrió burlón, como si no le hiciera efecto. Pero ella fue bajando centímetro a centímetro por su piel y él fue perdiendo poco a poco el control–. ¿Era esto lo que querías decir al preguntar si querría tocarte? –susurró ella, rodeando con la mano la evidencia del ardor de Max. Él respiró hondo–. ¿Acaso es más de lo que habías pensado?

Al sentir la caricia de los labios de ella, él lanzó un gemido.

–Mujer, ¡estás jugando con fuego! –sin intimidarse, ella lo volvió a acariciar, con besos cálidos y apasionados. Estar con él era un regalo que no podía desperdiciar. Quería que él ansiara sus besos, y que solo la deseara a ella. Podía ser que él estuviera resentido, pero le gustara o no, ella era su esposa, y nunca le cedería su sitio a otra–. ¡Gabriella!

–exclamó con pasión–. ¡Ya basta! Quiero estar dentro de ti.

–Sí –suspiró ella, vibrando de anhelo cuando él le separó los muslos. Su soledad había terminado. Él estaba donde debía estar, y por fin estaba feliz. Sus cuerpos se movieron con un mismo ritmo, volvieron a descubrirse, y se fundieron en una bella y nueva experiencia.

Era maravilloso, mucho más de lo que ella había soñado. Y el último regalo llegó cuando la semilla de él se derramó dentro de ella mientras pronunciaba desde lo más hondo de su alma:

–¡Amor mío!

Unas palabras imposibles. Seguro que no había oído bien.

–¿Qué has dicho, Max?

Él suspiró, exhausto, aún dentro de ella.

–Shh... No dije nada.

–Me has llamado «amor mío».

–Déjalo ya, Gabriella.

–No puedo. ¿Lo que ha pasado ahora no ha significado nada para ti?

–¿Qué crees?

–Que fue muy bonito. Que por primera vez, ninguno de los dos estaba utilizando al otro. Que nos dimos mutuamente y por primera vez hicimos el amor de verdad –ella suspiró atormentada–. ¿Estoy equivocada?

–No, no lo estás –convino por fin–. La cuestión es, ¿dónde nos deja eso?

–Somos marido y mujer, Max. ¿No podríamos empezar por ahí y tratar de hacer válido nuestro matrimonio?

—El matrimonio no consiste en estar atados legalmente ni en tener sexo estupendo. Sé realista, Gabriella. Tu vida no está conmigo, sino dondequiera que te lleve el trabajo, ya sea Roma, París o Buenos Aires.

—Si me lo pidieras, renunciaría a todo.

—¿A cambio de qué? ¿De ser infeliz como eras antes de que hicieras tu vida lejos de mí?

—Podría ser muy feliz contigo si me dejaras —respondió ella—. ¿Lo harás, Max? ¿Me darás otra oportunidad?

—Estoy tentado a hacerlo, lo admito —él la miró un buen rato antes de continuar—. ¿Aceptarías un periodo de prueba, bajo el compromiso de que cuando tus padres se vayan, examinemos nuestra situación y, si vemos que no está funcionando, nos separemos sin mutuas recriminaciones ni culpas?

—De acuerdo.

—No tan deprisa. Tienes que prometerme...

—¡Lo que quieras! —exclamó con dulzura, viendo que todas sus esperanzas pendían de un hilo.

—Que no habrá más mentiras. No me refiero a mentiras del uno al otro, sino a que debemos dejar de engañarnos a nosotros mismos, Gabriella. Quiero que prometas que analizarás nuestra relación con sinceridad, independientemente de lo que creas que puede pasar después. No hay que pasar por alto lo que no nos guste ni creer que, por mirar hacia otro lado, los problemas van a desaparecer. Si no, no hay ni la más remota posibilidad de que reparemos todo lo que se ha roto entre nosotros.

—Te doy mi palabra —dijo Gabriella con solemnidad—. Y, Max, otra cosa...

–¿Qué?

Ella tomó el collar que estaba sobre la cama y se lo ciñó al cuello.

–Muchas gracias por esto. Me parece precioso.

–Me alegro, porque tuve que pedirle a Gio que se quedara en la tienda hasta más tarde, y le quitara algunos eslabones a la cadena para que te tuviera la medida exacta –se inclinó para apagar la lámpara de noche–. Si te portas bien, puede que le pida que te haga algo con el oro y los diamantes que sobraron.

–No necesito nada más –susurró ella. Lo que acabas de darme ahora, en este dormitorio, vale más que todos los diamantes y el oro del mundo.

Él estiró la mano para tocarla en la oscuridad.

–¿Quieres saber qué es lo mejor de esta noche? –dijo Max, con voz llena de pasión–. Que aún no se ha terminado.

A la mañana siguiente, eran más de las diez cuando Gabriella abrió los ojos.

–Deberías haberme despertado antes –reprendió a su madre que estaba podando rosas en la terraza mientras su padre hacía unos largos en la piscina–. Me has dejado dormir casi toda la mañana y ya solo nos queda la mitad del tiempo juntos.

–Tú marido dijo que no te molestáramos. Y tiene razón. Estás muy delgada, hija. Y necesitas descanso y buena comida. Así que siéntate y come. Te haré unos huevos como solían gustarte, con panecillos y mantequilla.

–Gracias, mamá, pero no quiero huevos. Un panecillo y algo de fruta es suficiente. Y una taza de café si tú también tomas.

María se fue canturreando hacia la cocina.

«El paraíso», pensó Gabriella, desperezándose y recordando la noche pasada. Cerró los ojos para rememorarlo. Recordaba haberse despertado a las dos de la madrugada, y haber visto las piernas de Max enredadas en las suyas bajo la luz de la luna. Qué sensación de seguridad le daba sentirse entre los brazos de su marido y qué deliciosa había sido la creciente espiral de sensaciones al hacer el amor.

Era sin duda el paraíso, y se preguntaba si no habría sido un sueño. Si no llegaría él después, y la miraría con ojos fríos, o la besaría con un beso vacío que solo fuera fingido.

Necesitaba oír su voz nombrándola como una caricia, como había sido al amanecer. Decidió llamarlo. El teléfono sonó un par de veces y una voz de mujer contestó.

—Buenos días. Al habla Willow McHenry.

—Humm, creí que había marcado... ¿Es la oficina de Max Logan?

—Sí.

—¿Puedo hablar con él, por favor?

—Lo siento. El señor Logan está ocupado en estos momentos. Pero si lo desea, con mucho gusto le puedo dar un mensaje.

Si estaba ocupado, ¿por qué podía oír su voz en el fondo?

—No —dijo Gabriella con firmeza—. Deseo hablar con él en persona.

Hubo una pausa y, unos segundos después, Willow McHenry preguntó:

–¿Quién lo llama, por favor?

–Su mujer –dijo Gabriella.

Hubo otra pausa, más larga que la anterior y se oyó la voz de Max.

–Hola, Gabriella, ¿qué hay de nuevo?

–Nada, pero eché de menos decirte adiós esta mañana.

–Estabas durmiendo tan profundamente, que no quise despertarte –se oyó una puerta que se cerraba de golpe.

–Ojalá me hubieras despertado.

Él se rio al contestar.

–Tenía una reunión a las ocho y no quería arriesgarme a llegar tarde.

–No te habría entretenido.

–Sí que lo habrías hecho, mujer insaciable. Seguro que aún estaríamos en la cama.

Ella se sentía feliz.

–Te echo de menos. Ven pronto a casa.

–Tan pronto como pueda. Saldremos todos a cenar. Escoge algún sitio en las afueras que te gustaría que tus padres conozcan y haz una reserva para las ocho.

Sonriendo, él colgó el auricular.

–¡Vaya, vaya! –dijo Willow desde el otro lado de la oficina–. ¿Cómo es que de repente actúas como un marido ejemplar?

Él miró el contrato que estaba sobre la mesa.

–Creo que los dos sabemos que ese siempre ha sido mi papel.

–No del todo –dijo ella–. Puedo recordar una

ocasión en que estuviste a punto de olvidar que tenías una esposa.

—No desempolvemos el pasado, Willow —dijo
con frialdad—. Ambos estábamos en un mal momento de nuestras vidas, pero conseguimos superarlo sin herir a nadie.

—Puede que tú sí, Max —dijo Willow al otro lado
del escritorio—, pero no pretendas saber cómo me
sentía yo.

A él no le gustaba el cariz de la conversación,
ni el tono hiriente de su voz.

—Estamos hablando de un par de besos una noche, hace ocho meses —dijo mirándola a los ojos—.
Creía que ya lo teníamos superado. Pero si tú no lo
has superado, o no puedes superarlo, no tendré in-
conveniente en conseguirte un traslado a otro departamento, o darte referencias si prefieres irte a
otra empresa.

—No —ella le lanzó una gran sonrisa—. Tienes razón. Lo hemos superado. Yo estoy saliendo con
otra persona y tú... tú aún estás casado.

—Sí —contestó Max—. Y la próxima vez que lla-
me mi mujer, pásamela enseguida. Nunca estoy
demasiado ocupado para hablar con ella.

—Claro. Por cierto, tiene una voz muy bonita.
Tiene un acento extranjero encantador y parece joven. Casi inocente. Nunca lo habría esperado de
alguien tan acostumbrado a aparecer en público
—recogió las cartas que le había dejado para firmar
y salió de la oficina—. Por cierto, antes de que me
olvide, dos cosas. El periodista de la televisión lo-
cal volvió a llamar pidiendo una entrevista contigo. ¿Qué le digo?

—Cualquier cosa con tal de que no tenga que aparecer delante de una cámara. Mi mujer está acostumbrada a eso, yo no.

—Muy bien. Le sugeriré que concierten algo con ella.

—Bueno. Siempre que ella esté de acuerdo.

Y la cena del Overseas Development el jueves próximo. Puesto que es casi seguro que te van a conceder un premio, ¿pido entradas extra para tu esposa y sus padres?

—No se me había ocurrido, pero es una buena idea. Creo que lo pasarán bien.

—De acuerdo —contestó Willow con otra gran sonrisa y se marchó.

Él se quedó parado tras el escritorio y con una buena dosis de culpabilidad.

Todo había empezado inocentemente con Willow. Varios días de trabajo hasta tarde y cenas rápidas en la oficina mientras intentaban ultimar un asunto a tiempo. Alguna comida para celebrar la inauguración de un hotel. Unas flores para agradecer unas horas extra. Un regalito simbólico por navidades. Un beso amistoso en la fiesta de la oficina.

Debería haber parado ahí, pero siguió una invitación al ático, un par de copas de más, y un intento de aventura, que fracasó antes de empezar. Desde entonces, él creía que su relación era solo de trabajo.

Y también pensaba que era así para ella. Era inteligente y atractiva y, habiendo tantos hombres solteros disponibles, no era lógico que se enamorara de un hombre casado. Y tampoco iba a arriesgar su trabajo, muy bien pagado, y lleno de privilegios.

Pero ese día ya no estaba tan seguro. Algo en su voz y en su expresión le pareció extraño. Tenía que andarse con cuidado y manejar la situación con mucha delicadeza. Pensando en Gabriella, lo mejor sería transferir a Willow a alguna sucursal extranjera. Pero eso era exponerse a un pleito. Lo mejor sería mantener la relación en un plano estrictamente profesional, y esperar a que ella se cansara y renunciara al puesto.

Lo curioso era que una semana antes no le habría importado nada si Willow aceptaba las cosas o se marchaba. Entonces, no había tenido nada que perder si se quedaba. Pero nunca imaginó que, después de todo, podía valer la pena salvar un matrimonio, que desde el principio parecía condenado a fracasar.

Capítulo 6

GABRIELLA reservó mesa para las ocho en un restaurante de White Rock, un barrio residencial famoso por sus playas y vistas espectaculares, que estaba a tres cuartos de hora del sur de la ciudad. Pensó que a esa hora ya no habría atascos y llegarían con tiempo de sobra. Pero el plan se estropeó cuando Max llegó a casa y la vio. Ella acababa de salir de la ducha y solo llevaba puesto un camisón de seda. Max no pudo resistirse. Dejó a los suegros abajo, disfrutando de una copa de jerez, cerró la puerta del dormitorio, desnudó a su mujer y la empujó a la ducha con él.

–Vamos a llegar tarde –dijo Gabriella, rodeándole la cintura con sus largas y bronceadas piernas–. Max, no nos guardarán la mesa si...

La protesta cesó en cuanto él se deslizó dentro de ella. Habría preferido hacerlo con tiempo, dibujar sus senos con la espuma, y contemplarla mientras llegaba al orgasmo. Pero el ardor que había sentido durante todo el día se había exacerbado, y antes de que pudiera pensarlo, la tenía apresada entre la pared de la ducha y el pulso pleno e impaciente de su masculinidad.

–Eso es lo que pasa por abstenerse demasiado

tiempo —dijo él casi sin respiración—. Ahora que
me has recordado lo que me ha faltado durante todos estos meses no puedo resistir lo suficiente para
que te valga la pena.

La expresión de los ojos de ella lo contradecía,
lo mismo que las contracciones de su cuerpo.

—¡No digas eso! —exclamó—. Ha estado... tú has
estado maravilloso.

A regañadientes, él la dejó nuevamente de pie y
comenzó a enjabonar una esponja.

—Uno más de esos cumplidos, y estaré listo para
otro combate, lo cual no estaría nada mal si no fuera porque no puedes permitirte saltarte una comida. Date la vuelta, querida, y te frotaré la espalda
—ella era tan bella de espaldas como de frente. La
columna recta, la cintura delgada, y las caderas...
Un territorio demasiado peligroso—. Ya estás lista.

Ella se giró y lo miró con picardía, quitándole
la esponja.

—Si quieres, con mucho gusto te devolveré el
favor.

Él abrió la mampara de la ducha y prácticamen-
te la empujó.

—¡Venga, vístete y baja antes de que tus padres
suban a buscarnos! La botella de jerez debe de estar ya medio vacía.

No lo estaba, pero los padres de Gabriella habían
disfrutado mucho de lo que habían bebido. Tenían la
cara brillante y sonrosada ¿O era por lo que ella les
estaba diciendo cuando Max bajó diez minutos más
tarde?

—No seas demasiado explícita acerca de cómo
van las cosas entre nosotros —la previno Max en

voz baja mientras esperaban en el vestíbulo a que llevaran el coche del garaje–. Ni nosotros mismos sabemos si va a funcionar. No sería justo crearles expectativas si, después de todo, decidimos terminar el matrimonio.

Ella pareció ofendida y él se preocupó. Era cierto que en cuestiones de sexo eran una pareja compatible. Siempre lo habían sido, incluso en los peores momentos. Pero ella debía saber que no podían predecir el futuro sobre la base de una tregua de dos días.

–No he dicho una sola palabra –dijo ella–. Aunque daría lo mismo. Ya están convencidos por completo de que somos una pareja perfecta. Ojalá tengan razón.

Él le apretó la mano.

–Solo he dicho que aún es un poco pronto.

–Lo sé –ella hizo un leve mohín, pero luego esbozó la sonrisa que todo el mundo conocía. Una sonrisa cegadora, maravillosa–. Pero voy a arriesgarme. Nos hemos dado una segunda oportunidad y eso es mucho más de lo que esperaba.

–Estás preciosa, ¿lo sabías? Seré la envidia de todos los hombres del restaurante.

Y no se había equivocado. A juzgar por el revuelo que se armó, la habían reconocido. Las conversaciones cesaron y todo el mundo se volvió a mirarla. El maître se quedó impresionado cuando ella comentó el menú en perfecto francés.

Max se escondió detrás de la lista de vinos y dijo riendo:

–No pensarás decirme todas esas cosas feas esta noche en la cama, ¿verdad?

Con disimulo, bajo el mantel, ella deslizó la mano hasta la entrepierna de Max.

—Haré algo mejor que hablar —le prometió.

Él se rio, no solo porque lo divertía la audacia de ella, sino porque estaba feliz.

¿Cómo había sucedido? Recién casados, él había estado tan enfadado que, cuando ella lo dejó, se quedó tranquilo y en paz. Y cuando pensaba en ella, o la echaba de menos, solo tenía que recordar las tormentas emocionales o las manipulaciones de ella, para sentirse feliz de haberse librado de ella.

Pero ahí estaba de nuevo, causando un revuelo en su vida, y por primera vez en más de un año, se sintió vivo.

—De primero tomaré ostras —le dijo a Gabriella, agarrándole la mano para evitar que los echaran por escándalo público—. Me da la impresión de que voy a necesitarlas.

Pasaron dos días más muy tranquilos. El tercer día, viernes, sonó el teléfono.

—¿Señora Logan? Soy Willow McHenry, la secretaria de Max —Gabriella reconoció la voz, y también el tono posesivo al pronunciar el nombre de Max—. La llamo para concertar la hora de su entrevista.

Gabriella se quedó sorprendida.

—¿Perdone?

—Su entrevista en televisión, señora Logan. Max ya la ha aprobado, esperando satisfacer así la curiosidad que sienten los medios por su visita. Se ha armado tanto revuelo por su presencia... y como usted sabe, a él no le gusta ser el centro de atención. ¿O no lo sabía? Él y yo ya hemos hablado de esto. De la entrevista, digo. ¿O es que no le ha mencionado nada?

—Hablamos de que mi llegada no pasó desapercibida, pero...

Podía haberse ahorrado la respuesta. Willow la pasó por alto y continuó:

—No me extraña que se le haya olvidado... como está tan ocupado... Pero para eso me paga, para que me cuide de los pequeños detalles que él no tiene tiempo de resolver —Gabriella decidió que Willow debía de ser una especie de tigresa, competente y conocedora de su lugar en las alturas. Probablemente fuera alta y muy atractiva, vistiera de negro, y fuera tan chic y eficiente, que los pobres mortales seguramente se encogerían ante ella—. Le sugerí a la persona que va a entrevistarla que lo haga en el ático y le pareció muy buena idea.

Tras un silencio, Gabriella recuperó la voz y contestó:

—A mí no me parece tan buena. Mi casa es privada y prefiero que siga así.

—Pero la sala de Max es tan elegante... Mucho mejor que cualquier estudio de televisión, y la vista desde la terraza es tan impresionante... Si lo que le preocupa es tener que arreglar la casa para la ocasión, yo puedo ir antes para hacerlo y así molestarla lo menos posible. Todo lo que usted tendrá que hacer es estar bellísima, a lo cual ya está acostumbrada, y no le exigirá, estoy segura, ningún esfuerzo.

–Gracias.

–Señora Logan, necesitamos fijar la fecha. ¿Qué tal está su agenda para el martes?

–Tengo que consultar con mi marido. Mis padres están aquí de visita y puede que tengamos otros planes.

–No para el martes. Max volará a México el lunes y no volverá hasta el miércoles. Ah, y ya que hablamos de fechas, el jueves es la cena del Overseas Development Awards. He pedido entradas para usted y sus huéspedes. ¿Qué le parece si fijamos la hora para el martes a las diez de la mañana? ¿Le dará tiempo para vestirse y estar lista?

Gabriella le habría contestado: «Soy una modelo, no una idiota, y sé vestirme desde que tenía cinco años». Pero se reprimió.

–Creo que podré arreglármelas –dijo entre dientes.

–Entonces todo arreglado. Ya les pregunté a los del estudio y están disponibles. La veré el martes a las nueve y media.

Esa noche, después de cenar, Max sugirió que Gabriella y él dieran un paseo solos por el parque.

–Me agrada la compañía de tus padres –dijo Max, enlazando sus dedos con los de ella–, pero creo que es importante que tú y yo pasemos tiempo juntos a solas.

–Estamos a solas todas las noches en la cama.

–Lo sé –dijo él, mirándola con picardía–. Pero siempre hacemos lo mismo. No es que me queje, pero si queremos en serio que este matrimonio funcione, necesitamos probarlo en otros campos. Por ejemplo, durante la cena me pareció que estabas algo preocupada. ¿Te pasa algo? —ella no contestó. ¿Debía decirle las dudas que había tenido durante la conversación con Willow o sería más prudente callar? Al ver que vacilaba él se detuvo y la forzó a mirarlo a los ojos—. De acuerdo. Ya has contestado a mi pregunta. ¿Qué ocurre?

—Yo no he dicho nada.

—No necesitas decir nada. Algo te preocupa y quiero saber qué es. Venga, Gabriella. Esto es lo que quería decir. No puedes ocultar los problemas y esperar a que desaparezcan, porque los dos sabemos que así el matrimonio no funciona. Así que di lo que sea y vamos a discutirlo.

—Muy bien. Tu asistente me telefoneó esta mañana.

—¿Sí? —preguntó él. Su mirada parecía menos directa, como en guardia.

—Al parecer vosotros dos decidisteis que me hagan una entrevista en televisión.

—¡Ah, era eso! —Max hizo un gesto—. Yo no lo diría así exactamente, pero es cierto.

—Max, ¿por qué has dado el visto bueno a algo así sin consultármelo primero?

—Cariño, ya estás en todos los titulares: Famosa Modelo Internacional Vuelve a Casa, y todo eso. Y te has ahorrado el acoso personal porque el ático no figura en la guía telefónica, pero Willow ha tenido que atender innumerables llamadas que le han quitado mucho tiempo.

—De todos modos, me gustaría que me lo hubieras consultado antes de seguir adelante. Estoy aquí por motivos privados y no tengo por qué airearlos en público.

Él se rio mientras la rodeaba por los hombros.

–No me digas que te pones nerviosa delante de una cámara. Si alguien sabe desenvolverse, esa eres tú.

–No es tanto eso como... –ella se mordió el labio dudando si decir o no su verdadera preocupación.

–¿Qué? Venga, cariño, deja de poner esa cara de miedo. Dime qué es lo que de verdad te inquieta.

¿Cómo podía decirle lo que pensaba? «No nos conocemos, pero tengo la impresión de que no le gusto a tu asistente, ni tampoco me gusta ella ni el hecho de que conozca tan bien nuestra casa».

No podía decirlo. Su tregua era demasiado nueva, demasiado frágil. Buscó una razón más segura.

–De acuerdo, es la forma en que me ha arrastrado. Me parece que la señorita McHenry es un tanto avasalladora.

–Sí, a veces es un poco dominante, pero su intención es buena, y es muy eficiente. Ella se asegurará de que todo salga a la perfección.

–También es muy protectora hacia ti –ella pensaba que «protectora» era una palabra más diplomática que «posesiva»–. Tuve la clara impresión de que está resentida contra mí. Dijo poco más o menos que el que yo estuviera aquí interfería con tu trabajo.

–Estonces se pasó, y le llamaré la atención. No volverá a pasar.

Gabriella lo miró de reojo. Notaba una cierta tensión en su voz, la misma que cuando la primera noche hablaron sobre la fidelidad. Sonó la alarma y se enfrentó a lo que sospechaba: Willow McHenry era la mujer que casi lo había hecho olvidar sus promesas matrimoniales.

—¿Tiene razón ella? —preguntó Gabriella con cautela—. ¿Desearías que yo no hubiera venido?

—¿Crees acaso que habría aceptado intentar rehacer nuestro matrimonio si así fuera?

El tono de Max seguía siendo evasivo.

«Di que no y termina con este asunto. No le des pie para que pueda acusarte de querer atarlo como a un perrito», pensó Gabriella.

—Ella parecía muy segura de lo que decía.

—¿Y lo que yo te digo? ¿No crees que vale más?

—Claro —contestó ella deseando no haber dicho nada. Aunque Willow fuera la otra mujer, él le había dicho que solo la había besado—, claro que sí.

—Eso espero. Porque este intento de reconciliación es entre nosotros. Entre tú y yo, abriendo nuestros corazones y arriesgándonos a confiar el uno en el otro. Nadie más entra en el juego, Gabriella. Y si tú pones en duda...

—No —exclamó ella, volviendo la cabeza para besarle la mano—. Yo confío en ti, Max.

Él la miró muy serio.

—Eso espero —dijo.

Pero el tono evasivo de su voz hizo eco en el corazón de Gabriella. No podía evitar sentir que Willow era una amenaza, aunque Max no lo viera así. Las esperanzas de Gabriella se ensombrecieron. Y la actitud de Max también. Estaba serio e inmerso en sus pensamientos. No la agarró de la mano, parecía que ella no estuviera allí.

«¿Por qué? ¿Porque estaba pensando en Willow, cuya confianza en sí misma era tan grande? ¿Estaba deseando estar con ella en lugar de con su neurótica esposa?»

Esa noche no hicieron el amor. Estuvieron tendidos sin tocarse. Max se durmió antes que ella y, en la penumbra, ella pudo ver cómo su pecho subía y bajaba con la respiración.

Él estaba suficientemente cerca como para sentir el calor de su piel, pero estaba lejos y los separaba un abismo. Era culpa de ella. No debía haber dejado escapar a los fantasmas.

Sintiéndose muy triste, se acurrucó lejos de él y cerró los ojos, tratando de apartar sus sombríos pensamientos. «Él había dicho que todo había terminado, y él nunca la engañaría. No era su estilo», pensó.

Durmió mal, con muchas pesadillas y cuando empezó a amanecer, se despertó y sintió que el cuerpo de él estaba arrimado a ella, duro y dispuesto. Sin decir nada, se volvió hacia sus brazos y se abrió a él.

Se fundieron con una pasión llena de desesperación. Una y otra vez, él la atormentaba retirándose casi por completo y, cuando ella estaba a punto de llorar de tanto anhelo, él volvía a lanzarse dentro de ella, como si estuviera buscando su alma.

–Te eché de menos anoche –le dijo–. No dejes que temores infundados y estúpidos vuelvan a interponerse entre nosotros de este modo.

La mujer que llamó a las nueve y media en punto la mañana de la entrevista no podía ser Willow McHenry. No tenía las uñas largas, ni la boca dura, ni el pelo oscuro.

Esa mujer era mucho más bajita que Gabriella, tenía el cuerpo redondeado, unos ojos pardos y cálidos y el peño castaño claro. Llevaba un traje de lino crudo con la falda por debajo de las rodillas, sandalias con bastante estilo y poco tacón. Tenía algunas pecas en la nariz, los labios generosos y la sonrisa abierta. No era una belleza, pero sí bonita.

–Buenos días, señora Logan. Soy Willow. Qué bien, veo que ya está lista –entró en el ático con un ramo de rosas y un bolso bordado con margaritas. Gabriella no podía dejar de mirar el bolso. Ella esperaba un maletín de piel de cocodrilo y unos tacones muy altos–. Necesitamos café –declaró Willow y se dirigió a la cocina.

–Yo lo haré –ofreció Gabriella siguiéndola perpleja. ¿Esa mujer rompiendo matrimonios? No podía ser.

–No es necesario –balbuceó Willow–. He venido preparada. Antes de nada, voy a arreglar las flores.

–Ya tengo flores.

–Bueno, ya sabe lo que dicen. Nunca puede haber demasiadas flores ni se puede estar demasiado delgada, aunque creo que usted está bastante cerca de ser la excepción. Usted es tan esbelta, que parece que se vaya a partir.

–Voy a buscarle un jarrón –dijo Gabriella pensando que las manos de Willow McHenry eran tan eficaces como el resto de ella.

–Ya lo haré yo. Max dejó bien claro que hay que procurar no molestarla, así que por favor, siéntese y relájese. Será mejor que se siente en la terraza para que no esté por medio cuando los operadores pongan las cámaras. Por cierto, está preciosa. Las fotos no le hacen justicia –se acercó a un armario y se puso de puntillas para mirar en el estante de arriba–. ¿Qué pasó con los jarrones que había aquí?

–Yo los quité –dijo Gabriella ligeramente molesta.

–Ya. En ese caso, ¿sería tan amable...? ¿Dónde los puso?

–En el trastero.

–Ah –Willow se encaminó derecha al trastero debajo de la escalera.

Gabriella la miraba fascinada, pero recordó que Max casi había perdido el vuelo a Nuevo México por no poder separarse de ella. Eso era lo importante y no los aires posesivos con que la asistente había usurpado el rol de señora de la casa.

–He traído una lista de las preguntas que posiblemente le hagan –anunció Willow reapareciendo con un par de jarrones. Los dejó en la encimera y buscó dentro de su bolso de paja–. Aquí están. ¿Por qué no les echa un vistazo y me deja que me encargue de todo? En cuanto el café esté hecho, le traeré una taza. Por cierto, ¿están aquí sus padres?

–Sí –contestó Gabriella–. Están disfrutando del sol en la terraza.

–Qué bien. Tiene que presentármelos en cuanto yo tenga un momento –volvió a meter la mano dentro de la cesta y sacó café, leche y una lata de galletas–. Son galletas de avena. Las hice esta mañana.

«Seguramente también cardas la lana que tejes y haces punto de cruz», pensó Gabriella, y salió de la sala, más molesta consigo misma que con la sorprendente Willow McHenry.

–Te telefonearé todas las noches –le había prometido Max al despedirse en el aeropuerto–. Cariño, siento irme así, pero cuando Willow fijó la fecha para esta reunión, no sabía que tus padres y tú ibais a estar aquí. Cuando me di cuenta, era ya demasiado tarde para cancelarla.

Gabriella sospechaba que Willow sí se había dado cuenta. Pero lo que Willow no sabía era que Max la había llamado tres veces por la noche y le había dicho que la echaba mucho de menos, que no creía que pudiera esperar hasta el miércoles y que trataría de arreglarlo todo para poder volver cuanto antes.

No tenía motivos para sentirse amenazada. Por mucho que Willow hiciera, la única persona que podía minar su confianza en sí misma era ella.

Con un suspiro, entró en el salón y tomó la foto de Max y ella el día de la boda. Llevaba el velo de novia de su abuela y un vestido bordado con perlas cultivadas. Max llevaba un traje claro y tenía la misma expresión sombría que el día en que supo que ella estaba embarazada.

–¿Estás qué? –había rugido él horrorizado, cuando ella le dio la noticia.

Estaban sentados en Gerbaud's, el café más elegante de Budapest y todos los clientes que había alrededor se volvieron a mirarlos.

Gabriella se estremeció y repitió la noticia susurrando:

—Voy a tener un bebé.

—¿Estás diciendo que es mío? —le había preguntado Max clavándole los ojos—. No, no contestes a eso. ¿De quién más podría ser?

—Lo siento, Max —siguió susurrando ella—. Ya sé que esto no estaba en tus planes.

—¿Y estaba en los tuyos? —le había preguntado él con desdén.

—¡Claro que no! No tenía ni idea...

—¡Claro! Simplemente te metiste en mi cama cuando eras más fértil —él había lanzado un suspiro—. Bueno, que no se diga que huí de mis errores. Si he engendrado un hijo, estoy preparado a asumir las consecuencias.

Esas habían sido sus palabras exactas y su cara había mostrado enfado.

—¿Qué quieres decir? —había preguntado ella, nerviosa.

Él había sonreído con ironía.

—Exactamente lo que tú deseas que diga. No voy a esperar a que tu padre me persiga con una escopeta para cumplir con mi deber. Nos casaremos tan pronto como se pueda y, si alguien pregunta por qué con tanta prisa, les puedes decir la verdad, que tengo que volver al Canadá antes de fin de mes. Así estarás fuera de aquí antes de que se te empiece a notar, y nadie más sabrá la razón verdadera de nuestra prisa por llegar al altar.

—No tienes por qué hacerlo, Max —le había contestado Gabriella al ver cuánto le desagradaba la idea.

—Claro que tengo que hacerlo, y eso es con lo que tú contabas.

–No, Max. Casarte conmigo no estaba en tus planes.

–Pero sí en los tuyos, ¿no es cierto? En cuanto me viste, empezaste a maquinar cómo cazarme.

–¡No! –había protestado ella con el corazón roto–. ¡Max, te amo!

–Ni siquiera me conoces. Podría ser un criminal y tener a seis esposas muertas en el armario. Lo que te importa es que soy rico y que puedo permitirme casarme contigo. Habrías preferido que me hubiera arrodillado y te hubiera pedido que te casaras conmigo, pero cuando viste que no iba a suceder, decidiste ayudar y no te importó renunciar a tu rectitud y sacrificar tu virginidad. El dinero es un afrodisíaco muy poderoso, ¿verdad, Gabriella?

–¡Cómo te atreves a insultarme! –exclamó ella saltando de la silla–. Soy una Siklossy y nunca nos hemos vendido por dinero.

–Siéntate y deja de hacer el ridículo –había dicho él, cortante–. Tu familia no tiene un centavo, la vieja mansión se derrumba y necesita una inyección de dinero. Por lo que en cuanto apareció un millonario, hiciste lo que había que hacer: pescarlo. ¡Te felicito Gabriella! Espero que te valga la pena lo que esto va a costarte.

No le había valido la pena. Los primeros seis meses habían sido los peores de su vida. Muchas veces se preguntó si de verdad estaba embarazada y la ansiedad que sufrió después de la farsa de la boda la había hecho abortar. Pero el especialista al que Max la llevó cuando empezó a sangrar había dicho que no.

–Las pruebas de embarazo son negativas y no

hay otra evidencia física que indique un aborto espontáneo –había dicho el médico–. Dado que su ciclo es irregular y otras veces ha tardado en tener la regla, me temo que su médico erró el diagnóstico. ¿Cuánto tiempo después de su última regla fue a verlo?

–No fui al médico –había admitido ella–. Supuse que estaba embarazada, ya que mi marido y yo habíamos hecho el amor...

Qué razonamiento tan patético. Pero había sido la verdad, aunque nunca logró convencer a Max.

–¿Un ciclo irregular? –había reprochado él lleno de ira–. ¿Reglas retrasadas? ¿Y no se te ocurrió mencionarme ese pequeño detalle? Dejaste que creyera que habías ido al médico y pensaste que nunca lo averiguaría. Por favor, Gabriella. Estás llena de sorpresas. ¿Cuál es el paso siguiente en tu agenda de mentiras? ¿Unos mellizos que alguien dejó en una cesta junto a tu puerta?

No era de extrañar que el matrimonio se hubiera convertido en una pesadilla. Pero tenían otra oportunidad y ella no estaba sola. Tenía a Max a su lado, dispuesto a intentarlo, y ella no iba a permitir que nada ni nadie los separara.

–¡Por favor! –exclamó Willow McHenry al ver la foto de la boda–. Será mejor que guarde eso si no quiere que el entrevistador la vea y decida que hay algo de cierto en los rumores de que su matrimonio está en peligro. El pobre Max tiene cara de que lo estén llevando al patíbulo –pasó un dedo por encima de la cara de Max y miró a Gabriella–. Sin embargo, usted está preciosa. Radiante, diría. Quizás él estaba nervioso, pensando si algún día se las arreglaría para estar a la altura de sus expectativas.

—Se las arregla muy bien —le aseguró Gabriella—. En todos los aspectos. No podría desear un marido más devoto ni más atento.

—¿De veras? —Willow le dedicó una de sus más cálidas sonrisas y le dio una palmadita en el brazo—. ¡Qué bien que usted crea eso!

Capítulo 7

GABRIELLA se negó a que el comentario le hiciera perder la compostura, aunque estaba claro que ese era el objetivo. Willow hacía grandes esfuerzos para dar la impresión de que era amable y cariñosa, pero sacaba las uñas y daba zarpazos rápidos y sutiles, y los arañazos escocían.

—Bueno, puede quedarse ahí, si insiste —dijo tomando la foto y pasándole el borde del delantal. El mismo delantal que Gabriella había encontrado en el ático el primer día.

No pudo reprimirse y le preguntó:

—¿Dónde encontraste ese delantal, Willow?

—En el mismo sitio en que lo dejé, querida. En un cajón de la cocina.

Eso sí consiguió que Gabriella perdiera la compostura. Pero se distrajo con las idas y venidas del equipo de televisión.

Willow se quitó el delantal y se puso la chaqueta del traje. Agarró su bloc y un lápiz y volvió a asumir su papel de asistente eficaz.

—Me temo que eso no será posible —ordenó cuando Jaclyn, la entrevistadora, sugirió tomar unas secuencias del ático—. Mi jefe es muy celoso de su intimidad. Solo permitirá fotos de esta sala y puede que de la terraza. De todos modos no hay mucho más que ver en este piso a excepción de su despacho, el comedor y dos suites arriba. Nada fuera de lo corriente.

—Pues a mí esta sala me parece extraordinaria —dijo Jaclyn sonriéndole a Gabriella y señalando los dos sillones delante de las cámaras—. Tiene un gusto maravilloso, señora Logan, y eso se refleja en la decoración, tanto como en la ropa que lleva.

—En realidad, el señor Logan fue quien escogió los muebles —aclaró Willow.

—¿Ah, sí? —Jaclyn no hizo gran caso de Willow y se volvió hacia Gabriella—. ¿Empezamos?

—Cuando quiera.

Aunque en un tono amable, Jaclyn fue directamente al grano y preguntó sobre las posibles desavenencias maritales.

—Usted y su marido pasan mucho tiempo lejos —dijo con tacto—. ¿Qué puede decir sobre los rumores de que eso influye negativamente en su relación?

—Es cierto que nuestras carreras nos llevan a menudo en direcciones opuestas, pero ambos estamos de acuerdo en que lo que cuenta es la calidad del tiempo que pasamos juntos, y no necesariamente, la cantidad —consciente de que Willow estaba al fondo, acarició con un dedo la foto de la boda y miró directamente a la cámara—. Puedo decir sin reservas, que mi marido y yo nunca hemos estado más unidos. Diga lo que diga la prensa, nunca hemos sido más felices que ahora.

Jaclyn se inclinó hacia adelante.

—Eso me parece extraordinario. A menudo, cuando una mujer logra el éxito que usted ha logrado, su hogar y su familia suelen quedarse por el camino.

–No es mi caso –recalcó Gabriella–. Estoy mucho más entregada a mi marido ahora de lo que estaba cuando nos casamos. Mi carrera como modelo durará como mucho unos pocos años más. Y espero hacer que mi matrimonio dure toda la vida.

Mientras Gabriella puntualizaba ese último comentario, dirigió una mirada rápida hacia Willow, y pudo ver que la sonrisa de su boca se había convertido en mueca y que los ojos lanzaban chispas de rabia.

Cuando la entrevista terminó, Willow volvió a colocarse la máscara amable y exclamó:

–¡Mis felicitaciones a todos! Creo que todo ha salido muy bien. Gabriella, gracias por permitirnos desordenar tanto la sala, pero puede estar segura de que todo estará en su sitio antes de que yo me vaya.

Gabriella, sin embargo, no estaba nada segura. En su trabajo, había conocido a muchas mujeres devoradas por los celos, y podía reconocerlos en la cara de Willow. Aunque ella aparentara ser solo la eficiente asistente de Max, su meta era convertirse en la señora Logan, y se veía que no iba a permitir que una esposa se interpusiera en su camino. Sin duda alguna eso la convertía en su enemiga.

Algo iba mal. Max lo notó en su voz cuando la telefoneó para decirle que no podría regresar antes del miércoles. Las respuestas de Gabriella eran demasiado cuidadas. Demasiado rotundas. Y eso lo puso muy nervioso, sobre todo porque ya lo estaba desde la conversación de la semana anterior con Willow.

Él creía que Willow comprendía que el incidente con ella no había sido más que lo que en realidad había sido: el breve y aislado lapsus de un hombre que se sentía solo y que había recobrado el juicio antes de que ocurriera nada importante.

Pero ya no estaba tan seguro de que Willow viera las cosas así. Su instinto le decía que ella había sacado las cosas de quicio y consideraba lo ocurrido como una aventura. Max sabía que no podía ignorar lo que pasaba y que tendría que actuar para neutralizar el problema.

Gabriella y él habían conseguido mucho la semana anterior y no iba a quedarse mirando mientras su matrimonio volvía a estropearse por un error del pasado. Quizás tuviera que dejarlo claro ante todos y muy en especial ante Willow. Pensó que la cena de los premios sería una buena oportunidad para hacerlo. Y esperaba que ella fuera lo bastante lista como para captar el mensaje, pero si no lo captaba, se lo diría claramente. Y si eso no era suficiente, la despediría. No iba a dejarse chantajear por ella ni por nadie.

Era cerca de medianoche cuando llegó a casa. El ático estaba oscuro y en silencio. Gabriella estaba medio dormida y aunque le habría gustado hacer el amor con ella, él también tenía sueño y prefirió esperar a que ambos estuvieran más en forma. Se limitó a abrazarla y se quedó dormido.

El jueves, cuando Gabriella entró en el salón del hotel, se quedó maravillada por los vestidos que lucían las invitadas. Todos los mejores diseñadores estaban representados. ¡Y qué joyas! Diamantes y esmeraldas, rubíes y zafiros. Sin pensarlo, acarició la aguamarina de su collar.

Max se dio cuenta y murmuró:

—Puede que no sea la joya más llamativa de la sala, pero cuelga del cuello más hermoso.

Le encantaba sentir cómo se apretaba contra ella al hablarle. Le transmitía una deliciosa sensación de intimidad, y el cuerpo de ella vibraba. Él estaba muy atractivo y no había ningún hombre más elegante que él.

—Es perfecta, y no la cambiaría por nada en el mundo —replicó ella.

Él se fijó en los pendientes que lucía.

—Tenía que haber encargado unos pendientes a juego.

—Ya hiciste que me arreglaran la alianza... —le acarició la mejilla y la alianza brilló con la luz. Él se la había vuelto a colocar esa noche y ella se había prometido a sí misma que nunca más se la quitaría—. Esto significa mucho más para mí que las joyas caras.

—Deja de tocarme a menos que quieras que demos el espectáculo —gruñó él agarrándole la muñeca—. Hace casi cuatro días que no hemos hecho el amor y me siento abandonado.

—Yo también —contestó ella temblorosa. Una mirada, una palabra de él la enardecían con facilidad—. Te he echado mucho de menos mientras estabas fuera, Max.

También deseaba decirle que lo amaba, pero quería que él lo dijera primero. Solo entonces podía estar segura de que era el momento apropiado.

Él le besó la mano. Dibujó un círculo sensual en su palma e hizo un gesto mostrándole a sus padres, que hablaban animadamente con el cónsul de Austria y su esposa.

–¿Qué te parece si recuperamos el tiempo perdido marchándonos pronto de aquí? Más tarde, podemos enviar la limusina a buscar a tus padres.

–¡Ojalá no haya oído lo que creo que he oído! –era la voz de Willow McHenry, que aparecía resplandeciente con una copa de champán en la mano–. No puedes irte pronto, Max. Eso es imposible.

«Eso es imposible», pensó Gabriella, divertida, era lo que Willow decía cada vez que algo amenazaba con trastornarle los planes.

Durante la ausencia de Max, Gabriella tuvo mucho tiempo para pensar sobre lo ocurrido el martes y su instinto le decía que no estaba equivocada. Incluso su madre había comentado la forma en que Willow había tomado el mando.

–Cree que soy demasiado vieja y poco importante para tenerme en cuenta –había comentado María–, pero todavía soy lo bastante lista para reconocer a una serpiente cuando se desliza por la casa de mi hija. Ten cuidado con ella, hija mía. Es peligrosa.

La serpiente se había enredado en el otro brazo de Max, pero él se soltó con rapidez. Gabriella se felicitó de no haber arriesgado la reconciliación mencionando sus sospechas. Él había dicho que todo había terminado y ella tenía que confiar en su palabra por encima de la de Willow.

–Debe de haber más de quinientas personas, Willow –dijo Max con frialdad–. Dudo que nos echen de menos.

–¡Claro que sí! –se volvió y le lanzó una sonrisa a Gabriella –. Os echarán de menos a los dos. No es frecuente que una celebridad como tu esposa venga a la ciudad. Y además, esta noche mi jefe es una celebridad también –sin inmutarse por el rechazo de antes, Willow volvió a agarrarse del brazo de Max y señaló con la cabeza hacia la mesa del banquete–. Creo que deberíamos buscar nuestros asientos. Me parece que están a punto de servir la cena.

«Tu esposa... mi jefe», pensó Gabriella. Era asombroso cómo, de una manera o de otra, Willow conseguía introducirse en su universo privado y convertir la pareja en un trío.

–¿Ha venido sola, Willow? –le preguntó Gabriella con cortesía.

Willow entornó los ojos y sonrió implacable.

–Claro que no. Aquí está mi acompañante. Max, tú ya conoces a Brent, ¿verdad?

Max estrechó la mano del hombre.

–Claro. Me alegro de verte aquí, Brent.

–Y esta, Brent –continuó Willow con un desdén sutilísimo–, es la famosa Gabriella Siklossy.

–También conocida como mi esposa –intervino Max, rodeando posesivamente la cintura de Gabriella y apretándola contra su cuerpo–. Brent trabaja en el departamento de delineación de Logan Enterprises, cariño, y fue quien dibujó los planos preliminares del proyecto de Budapest.

Los tres hablaron brevemente sobre el éxito de

la restauración y el encanto de la ciudad natal de Gabriella, y por una vez, Willow no consiguió entrometerse en la conversación.

Era obvio que no le gustaba quedarse al margen.

—Nunca ha estado en mis planes de viaje —contestó cortante cuando Gabriella le preguntó si había estado en el este de Europa.

—Max, creo que tú deberías sentarte cerca del podio —proclamó—, así no tendrás que pasar por encima de nuestras rodillas para llegar al micrófono. La risita que acompañó al comentario era para demostrar que era una broma, pero Gabriella estaba segura de que Willow habría dado cualquier cosa por que Max pasara por encima de sus rodillas. Y no la culpaba, porque Max era el hombre más atractivo de la cena. Pero su tolerancia llegó al límite cuando Willow intentó relegarla a un asiento alejado de Max—. Y usted, aquí, con sus padres, Gabriella.

—Mi esposa, sus padres y yo nos sentaremos juntos, Willow —intervino Max.

—Oh... —ella hizo un gesto de indiferencia—. Si tú lo dices. Pero yo esperaba que nos dieras la oportunidad de compartir a tus famosos huéspedes.

—Me temo que tendrás que admirarlos de lejos —contestó Max con un tono cortante como el acero—. Y por cierto, no comparto a mi mujer con nadie.

Aunque sus palabras la reconfortaron, Gabriella sintió cierto resquemor. ¿Acaso Max no estaba siendo demasiado solícito esa noche? ¿Y por qué?

—No me importa mezclarme —contestó Gabriella.

Max la acompañó a su asiento y se sentó junto a ella.

–Pero a mí, sí. Quiero que estés a mi lado, y cerca, para que te pueda tocar.

Ella nunca se había sentido tan segura, tan convencida de que estaban hechos el uno para el otro. Ojalá hubieran podido escabullirse después de cenar, porque lo que sucedió a continuación hizo que se le hundiera el mundo.

Gabriella había ido al tocador de señoras y estaba sentada frente al espejo retocándose los labios cuando entró Willow. Sus miradas se cruzaron y Gabriella experimentó una sensación de peligro.

–Pensé que la encontraría aquí –dijo Willow con una gran sonrisa y se sentó en el taburete contiguo–. He estado esperando toda la noche para decirle que está divina y que adoro su collar –como si fueran amigas de toda la vida, Willow levantó el colgante con un dedo para mirarlo de cerca–. Es una de las piezas de Gio, claro. El diseño y la exquisitez del trabajo son inconfundibles. ¿Es un regalo de Max?

–Sí –contestó Gabriella disimulando la desagradable impresión que le causaba el dedo en su cuello.

–¡Pues qué suerte ha tenido! Lo único que me ha regalado de allí son estos pendientes –Willow inclinó la cabeza para mostrar unos botones de oro con un topacio que lucía en las orejas–. No es que me queje, puesto que lo más caro que yo le he regalado es el juego de plumas que tiene en su escritorio. ¡Oh, no, eso no es cierto! También le regalé el reloj de mármol que tiene junto a la cama. Pero eso no cuenta porque fue culpa mía que se le rompiera el que tenía.

Se miró en el espejo y se arregló un par de rizos.

—¿Cómo pudo ser culpa suya? —Gabriella parecía imperturbable aunque por dentro estaba temblando.

—¿Hmm? ¿Quiere decir lo del reloj? Lo tiré de la mesilla por accidente una noche. Supongo que podría haberlo mandado reparar, pero no vale la pena reparar ese tipo de cosas. Suele costar mucho más de lo que valen. Además, quedó bastante dañado y decidí comprarle uno nuevo.

—¿No valía la pena arreglarlo? Para su información, era de cristal de diseño único y estaba firmado por el artista...

—¡Dígamelo a mí! Tuve miedo de andar descalza por la moqueta durante días.

«¡No pienses en lo peor!», pensó Gabriella. «El que haya estado en tu dormitorio no quiere decir que haya estado en tu cama. Está jugando a un juego enfermizo, y si quieres salir vencedora, debes irte de aquí. ¡Ahora! Y ni se te ocurra preguntarle qué estaba haciendo en el piso de arriba de tu casa».

Pero necesitaba aclarar todas las dudas. Se secó los labios.

—¿Qué estaba haciendo en nuestro dormitorio, Willow? —preguntó con aparente calma, aunque por dentro sentía miedo, dolor e ira.

Willow sonrió con ironía.

—Entre otras cosas, dormía allí, querida.

«¡Entre otras cosas! ¡Qué bruja!», pensó Gabriella.

—¿Con el permiso de Max?

Willow la miró arqueando las cejas, incrédula,

—No ponga esa cara de asombro, Gabriella. ¡Claro que con permiso de Max! ¿Qué piensa, que entré allí sin que me invitaran y me puse cómoda? —suspiró y entornó los ojos—. Ese colchón era una maravilla, tal como me había prometido Max.

Quizás, si no hubiera estado tan indignada, Gabriella habría podido manejar la situación con más aplomo. Era una mujer de mundo y sabía que muchos hombres traicionaban a sus esposas. Incluso podía estar justificado en el caso de Max, por haberlo abandonado. ¡Pero él le había jurado que había sido fiel!

Lo que más le dolía era que él le hubiera mentido.

—¡Está mintiendo! —dijo furiosa—. ¡Nunca ha puesto los pies en mi dormitorio!

Qué patética parecía su voz.

—Me temo que sí los he puesto, querida —dijo Willow, agarrando su bolso y poniéndose en pie—. Y en su deliciosa bañera, que es casi tan cómoda como el colchón y mejor que la ducha. Y nunca olvidaré la vista desde la cama en una noche clara. No hay nada mejor que estar calentita y a gusto bajo las mantas y ver salir la luna por el mar. ¿Está de acuerdo? —Gabriella no podía pronunciar palabra y la miró fijamente, helada de incredulidad. Willow le dio un golpecito en la mejilla—. Arréglese un poco, querida —le recomendó con fingida amabilidad—. Ya es hora de volver a la mesa, y no querrá que algún fotógrafo la saque así en todos los periódicos de mañana, ¿verdad?

Esa mano, blanda y pequeña, esa sonrisa falsa,

esos ojos vacíos y sin alma... eran más de lo que Gabriella podía soportar.

—¡No me toque! —exclamó—. ¡No se acerque a mí nunca más!

—Bueno, si prefiere pasar el resto de la noche lamentándose aquí, eso es asunto suyo —continuó Willow—. Pero no se preocupe, no voy a insistir en quedarme con usted y darle la mano mientras pasa por otra crisis emocional. No me extraña que el pobre Max se cansara de intentar hacerla feliz. Ahora puedo ver por qué él pensaba que estaba perdiendo el tiempo.

Willow salió del tocador y la puerta se cerró tras ella. Gabriella se sentó de nuevo en el taburete.

Debería sentirse aliviada, pero no era así. Estaba anonadada, como si se tratara de una pesadilla. Pero las lágrimas que le rodaban por las mejillas estaban calientes y eran reales.

Unos minutos más tarde, entró alguien y Gabriella, demasiado angustiada para dejarse ver, se metió en un servicio. Oyó una voz que la llamaba.

—Gabriella —dijo su madre con dulzura—, he venido a ayudarte —era la única voz en el mundo que podía consolarla—. Abre la puerta, hija mía —insistió.

Gabriella abrió, porque con su madre no tenía que fingir que era valiente e invencible. Su madre la quería.

—¡Ay, mamá! —sollozó, echándose en sus brazos—. ¡Creo que voy a morirme!

—¡Tonterías! —dijo la madre—. Tienes demasiadas razones para vivir. Lávate la cara, siéntate en ese sofá, y dime qué cosa tan mala te ha sucedido para que estés aquí escondida como una refugiada. Tu pobre marido está muy preocupado. Creo que, si no hubiera venido yo a investigar, habría venido él.

Cuánto le hubiera gustado a Gabriella desahogarse contándole todo a su madre y pidiéndole consejo. Pero no tenía derecho a hacer que se inquietara y volviera a su país preocupada por ella. Al fin y al cabo, era por sus padres por lo que había ideado toda la comedia. Solo quedaban dos días para que se fueran y tenía la obligación de mantener la ficción. Respiró hondo.

—Tienes razón, mamá. A veces digo lo primero que me viene a la mente sin pensar si tiene sentido o no. Claro que no me estoy muriendo. Pero, por un momento, me pareció que sí.

—¿Esa mujer te dijo o hizo algo para disgustarte? Fue ella quién me dijo que vinieras a buscarte.

Gabriella se esforzó por sonreír.

—Fue algo que comí. De repente, me sentí... —recordó el gesto irónico de Willow y se le revolvió el estómago— muy mal. Pero ya estoy mejor.

María se quedó mirándola con cariño y con lástima.

—Sí —le dijo—. Parece que estás mejor. Y si no, lo estarás. Péinate un poco ese pelo tan bonito y pellízcate las mejillas para que vuelva el color. Max ha ganado un premio de mucho prestigio por su trabajo restaurando edificios antiguos y tú deberías estar a su lado ayudándolo a celebrar su éxito.

No podía enfrentarse a él esa noche. No después de lo que sabía. Pero, si no lo hacía, ¿no estaría bailando al compás que Willow marcaba?

—Ya voy –-contestó–. Solo necesito estar sola un momento. Vuelve a la mesa, mamá, y dile que enseguida iré.

Esperó a estar sola antes de mirarse al espejo. Estaba horrorosa. Pero para algo era modelo y sabía muchos trucos. Se lavó la cara con agua fría y se maquilló de nuevo, consiguiendo el milagro.

Echó una última mirada desafiante al espejo. «Se levanta el telón, Gabriella», exclamó para sí. Alzó la cabeza, y abrió la puerta, lista para encararse al mundo.

Capítulo 8

ENCONTRÓ a Max, impaciente, dando zancadas por el pasillo.

—¿Por qué diablos has tardado tanto, cariño? Empezaba a pensar que te habías quedado a vivir ahí.

—Tuve la tentación —replicó ella haciendo caso omiso de la mano de él y marchando hacia el salón.

Las lámparas de la estancia estaban a media luz y se reflejaban en los espejos de las paredes. Algunas personas estaban bailando. Un escenario de ensueño se había convertido para Gabriella en la peor de las pesadillas.

Max la alcanzó.

—Oye, ¿no quieres hablar sobre lo que te ha puesto tan furiosa?

—Ahora mismo, no —se cruzaron con el cónsul austriaco y su esposa y Gabriella les sonrió—. Por cierto, felicitaciones. He oído que te han dado un premio.

—¡Al diablo con el premio, Gabriella! —saltó Max, agarrándola de un brazo y girándola para verle la cara—. Y ya que estamos, ¡al diablo también con tu actitud! Algo pasa y quiero saber qué es.

A ella no le costó mucho mirarlo a la cara con frialdad. Después de todo, era un embustero consumado. Pero no sabía si iba a darle una bofetada o romper a llorar.

—Este no es el momento ni el lugar, Max. La cosa puede esperar.

Él la miró exasperado.

—Bien, si no quieres hablar, bailaremos. Porque no voy a dejar que me trates como si no estuviera aquí.

—No quiero bailar contigo —afirmó Gabriella.

—Demuéstralo —él la atrajo hacia sí, le rodeó la cintura y le apretó la cadera con la mano. Puso su rodilla entre las de ella, disimulada con los pliegues de la falda, de modo que ella podía escoger entre bailar o dejar que él se frotara contra ella.

—No me gusta lo que haces —le informó ella.

—Sí te gusta —con disimulo, él le rozaba los pezones—. Te tengo tan caliente, que apenas puedes tenerte en pie.

Eso no era mentira. Era la pura verdad. Le temblaban las piernas y, si no se sentaba, se caería.

—¡No seas ridículo! —dijo ella.

Él se rio y comenzó a besuquearla en la oreja.

—Te olvidas de lo bien que conozco tu cuerpo, cariño. Y reconozco muy bien lo que me está diciendo.

—Tú eres quien tiene una erección, y no yo —se atrevió a decir—. Debería darte vergüenza.

—¿Por qué? ¿Porque bailar con mi mujer me excita?

—Ojalá encendieran las luces. Seguro que no estarías tan envarado.

Él juego de palabras lo dejó sin respuesta, pero enseguida se recuperó y le dedicó una enorme sonrisa.

—¿Has hecho un juego de palabras a propósito, o solo ha sido una manera de mostrarme lo bien que manejas el lenguaje coloquial?

Ella se sonrojó, furiosa.

—Seguro que has interpretado lo peor de cada palabra que he dicho. Pero ¿qué otra cosa podía esperar de un hombre que no tiene sentido de la moral?

Ella tenía los ojos llenos de lágrimas y no le importaba quién las viera.

—¡Eh! —dijo él, abrazándola de nuevo—. ¿Qué tiene que ver la moral con todo esto? Sabes que solo te tomaba el pelo. ¿Qué es lo que está pasando, Gabriella?

Él parecía tan preocupado y preguntaba con tanta ternura, que Gabriella estuvo a punto de contarle todo. Pero la música cesó y, antes de que ella pudiera hablar, otra voz intervino. Una voz que ella despreciaba por el veneno que escondía.

—Oh, está aquí —dijo Willow con voz melosa, fingiendo amabilidad—. Iba camino del tocador a ver si se sentía mejor, pero ya veo que no tengo por qué preocuparme.

—¿Qué pasa?

Gabriella miró fijamente a Max.

—¿Por qué no se lo preguntas a ella? Ella es quien tiene todas las respuestas.

Él retrocedió un paso y las miró a las dos.

—Porque te lo estoy preguntando a ti y me estoy cansando de esperar una respuesta razonable.

–Me temo –contestó Gabriella, alzando la cara con desdén–, que no te gustará mucho oír lo que tengo que decir.

–Gabriella, ¡basta ya!

Tiempo atrás, ella habría hecho caso. Habría caminado sobre fuego si él se lo pidiera. Pero esos días habían terminado. Ignorando a Max por completo, se abrió camino entre las personas hasta llegar a la puerta.

La velada había perdido todo su encanto y Gabriella solo quería que acabara cuanto antes.

–Deja que se vaya, Max –dijo Willow agarrándolo firmemente del brazo cuando él trató de seguir a Gabriella–. No puedes hacer nada.

–Claro que puedo –resopló él, desprendiéndose de Willow–. ¿Qué le has dicho a mi mujer para que esté tan furiosa con nosotros?

–Nada –ella lo miró con cara inocente–. Nada más que la verdad.

Él se quedó anonadado, sabiendo que lo que Willow había dicho era la verdad distorsionada para conseguir su propósito de hundir su matrimonio. Sintió un sudor frío.

–¿La verdad de quién, Willow? ¿La tuya?

–Por favor, Max –ella levantó las manos y las apoyó en el pecho de él–. Cálmate, estás dando el espectáculo.

–No estoy de humor para calmarme. Voy a buscar a mi mujer y cuando la encuentre. Voy... «a retorcerle el pescuezo, y luego vendré a retorcerte el tuyo», pensó Max. Apartó a Willow y atravesó el salón buscando a Gabriella. Enseguida la distinguió en el piso de abajo.

Estaba parada junto al mostrador de recepción escribiendo una nota. Afuera, esperaba una fila de limusinas y de taxis. Un minuto más y se habría marchado.

Por fortuna llegó a tiempo, justo cuando ella le entregaba una nota al recepcionista.

—Por favor, entregue este mensaje al señor Zoltan Siklossy en la mesa seis del Salón de Cristal —le pidió.

—No será necesario —interrumpió Max, tomando el papel y arrugándolo. Al oír su voz, ella se volvió furiosa. Parecía una pantera a punto de atacar, pero estaba preciosa. De repente, soltó un discurso en húngaro, para el cual no se necesitaba intérprete—. ¡Cálmate! —le ordenó él, pero ella se puso aun más furiosa. El recepcionista y los botones la miraban estupefactos—. ¡Gabriella! —rugió él—. Discutiremos esto en privado. Puede que a ti no te importe hacer el ridículo, pero a mí sí me importa.

—¡Me niego a quedarme aquí con vosotros dos!

«¿Dos?» ¿Acaso ella tenía alucinaciones? Max se volvió y allí estaba de nuevo Willow. Sin mirarla siquiera, se volvió hacia Gabriella.

—¡Por una vez, vas a hacer lo que te digo! —le espetó, y sacando un billete de cincuenta dólares se lo dio al recepcionista—. Consíganos un sitio donde podamos estar solos.

—Enseguida, señor —guardándose la propina, el recepcionista los acompañó a un pequeño despacho con dos sillas.

—¡Muy bien! Empieza a hablar, Gabriella, antes

de que pierda la paciencia. ¡Y asegúrate de que me dices toda la verdad! –se dio la vuelta, dándose cuenta de que Willow los había seguido al despacho–. No recuerdo haberte invitado a la fiesta –exclamó.

Willow se apoyó en la puerta dejando claro que no se marcharía si no era a empujones.

–Tengo derecho a defenderme de las falsas acusaciones de esta mujer.

Gabriella soltó un bramido y se lanzó por ella. Era bastante más alta que Willow y, aunque muy delgada, estaba en forma. Podía haberle roto los dientes, pero Max tuvo intervino.

–¡Gabriella! ¡Por favor! –la agarró por la cintura y la apartó. En el proceso, ella le dio una patada en la espinilla, y un puñetazo en la mandíbula–. Escucha, Gabriella, si sigues así, alguien va a resultar herido. Yo preferiría evitarlo, y creo que, si lo piensas un poco, tú también.

–Exacto –interrumpió Willow–. Póngame una mano encima, Gabriella Siklossy, y la denunciaré por agresiones. Piense en las consecuencias para su imagen pública.

–¡Bruja! –escupió Gabriella.

–¡Basta ya, las dos, y dejad de comportaros como niñas! –gritó él–. Estoy harto de vuestras tonterías. No sé qué demonios ha pasado entre vosotras dos esta noche, pero empieza a no importarme.

Decir eso había sido un error. Gabriella se volvió y trató de darle un rodillazo en sus partes más delicadas.

–¡Nunca te ha importado! –gritó–. ¡Durante la

cena, anunciaste que no compartías a tu mujer, pero esperas que ella sí te comparta a ti! Si yo no estuviera aquí, seguro que echarías a esa... esa mujerzuela sobre la mesa y tendrías sexo con ella. Pero, claro, eso no sería tan cómodo ni tan íntimo como nuestra cama, ni ella se podría lavar tu olor en nuestra bañera, ¿verdad?

—Willow, ¿quieres decirme de qué demonios está hablando?

—Es muy simple. Me encontré con tu esposa en el tocador. Comparamos nuestras joyas y en el transcurso de una agradable conversación, le mencioné lo mucho que había disfrutado viviendo en el ático. Ella perdió los estribos y llegó a llamarme embustera delante de todas. Te agradecería que le aclararas las cosas.

—¿Gabriella? –preguntó él–. ¿Eso fue todo lo que pasó?

—¿No te parece suficiente? —exclamó ella temblando de rabia–. Primero, le compras unos pendientes caros y luego la llevas a vivir a nuestra casa...

—No, no me parece suficiente, pero, por ahora, basta.

—¿No lo niegas?

—No –dijo él–. Lo que ella te dijo es cierto. Lástima que no se te ocurriera que podía haber más cosas en la historia.

Ella se encaró con él.

—¡Entonces, defiéndete! ¡Demuéstrame que puedo confiar más en tus palabras que en las de ella!

—¿Por qué? ¿En qué iba a cambiar las cosas?

Tú ya me has juzgado y me has considerado culpable.

–Max, por favor... –ella se estaba calmando, pero Max se sentía derrotado, resignado.

–¿Ves? –dijo Willow con petulancia, viendo la expresión de la cara de él–. Hagas lo que hagas, no hay forma de complacerla.

–¿Y qué haría falta para complacerte a ti, Willow? –preguntó él.

–Pues, para empezar, que me pida disculpas.

–Haré que te las pida.

–¡Nunca! –exclamó Gabriella altanera–. No le pediré disculpas a la mujer que ha hecho todo lo posible para robarme a mi marido.

Él la empujó hacia una de las sillas y se inclinó hacia ella.

–Sí, Gabriella, vas a pedirle disculpas, porque lo que ha dicho es en esencia verdad. Y cuando lo hayas hecho, te completaré los detalles importantes que ella se olvidó de mencionar, y podrás ver que no tienes motivos para creer que te he traicionado. Quizás, después, pienses que también me debes una disculpa.

–¡Max...! –ella lo miraba con los ojos llenos de pena–. Si he interpretado algo mal, por favor acláramelo.

–Primero, pide disculpas.

Gabriella respiró hondo y, por un momento, parecía que iba a mandarlos a los dos al infierno. Luego, se levantó despacio y fijó la mirada en Willow.

–Lo siento si la he acusado injustamente. Le pido disculpas.

Lo había dicho en un tono comedido, con la gracia y dignidad de una aristócrata. Max pensó que ojalá él pudiera decir lo que tenía que decir con la misma elegancia.

–Bueno –comenzó–. Primero, los pendientes eran como agradecimiento por las horas extra que Willow hizo para salvar un proyecto que amenazaba con irse a pique. Como el resultado fue muy ventajoso, mostré mi agradecimiento a todo el equipo de forma similar. A las mujeres les regalé pendientes y a los hombres, relojes.

–Si yo lo hubiera sabido...

–Segundo, ella tuvo que dejar su apartamento durante un mes mientras reparaban unas goteras. Le ofrecí que se quedara en el ático. Por si tiene alguna importancia, yo estuve en El Cairo durante todo ese mes.

Gabriella se humedeció los labios con la punta de la lengua.

–Ya entiendo...

–Sí –añadió él cansado–. Estoy seguro de que ahora lo entiendes. La lástima es que no se te ocurriera venir a preguntarme desde el principio.

–¿Cómo iba a saber que había algo más?

–Porque me conoces a mí, Gabriella. Al menos eso creía. Y pensaba que habíamos quedado en airear cara a cara todas nuestras dudas o preocupaciones. Al parecer, me equivoqué en ambas cosas.

Se volvió hacia Willow.

–¿Hay algo más que se pueda hacer?

–No, Max. Todo está perdonado.

–No todo –dijo él–. Me gustaría tener tu renuncia sobre mi mesa mañana por la mañana.

Ella lo miró perpleja.

—¿Por qué?

Él habría sentido lástima, pero ya no podía. Estaba demasiado disgustado.

—Porque hay un abismo entre tu forma de interpretar la verdad y la mía, Willow.

—No voy a renunciar —dijo ella pálida de incredulidad.

—Entonces te despediré.

—¡No puedes!

—¿Que no? —preguntó él con dureza—. No solo te despediré, sino que te demandaré por acoso sexual.

—¿Me demandarás? —ella se rio—. No lo creo. Parece que te has olvidado de una noche en que me tendiste una trampa para que fuera al ático, me obligaste a beber vino...

—Y te besé. No lo he olvidado.

Qué idiota había sido. Había visto venir todo eso desde semanas atrás, pero no había hecho nada para evitarlo.

—Entonces quizás quieras reconsiderar pedir mi renuncia.

—Antes de que pienses en hacerme chantaje, Willow, deja que te recuerde que el incidente al que tú te refieres sucedió hace más de nueve meses, que viniste a mi casa sin que te invitara, y que tú traías la botella de vino. Además, dejaste bien claro que estabas dispuesta a tener una aventura conmigo, aun sabiendo que estaba casado. Incluso llegaste tan lejos como para escribirme luego una carta en que lo decías.

—¡No has recibido ninguna carta mía diciendo eso!

–Cierto. No la he recibido, pero tú sí la escribiste, y no tuviste cuidado al dejar una copia sobre tu escritorio. Y, si es necesario, yo estoy dispuesto a utilizarla como prueba.

Eso era un farol, porque había roto la carta muchos meses antes. Pero ella no tenía por qué saberlo.

–¿Así que me vas a despedir para aplacar a la mujer que te abandonó y me dejó tus pedazos para que los recogiera?

–No me dejas otro camino.

Él pensaba que sabía todo lo que había que saber sobre Willow. Él la había visto siendo eficiente, comprensiva, encantadora y vulnerable. Pero nunca había visto la rabia que en ese momento distorsionaba su rostro.

–¿Esa es mi recompensa por todas las veces que te he escuchado cuando me abrías el corazón y me contabas los errores que habías cometido con ella? ¿Por las veces que he recogido tu ropa de la tintorería, te he recordado que renovaras el pasaporte, o he ejercido de anfitriona? –la voz le temblaba, y sus grandes ojos pardos estaban llenos de lágrimas–. Me acordaba de tu cumpleaños, te hacía bizcocho de frutas y mousse para navidades. ¡Incluso te cosí un botón de la chaqueta una vez! Y ninguna de esas cosas entraba dentro de mis funciones.

–Eso no quiere decir que no te lo agradeciera...

–¡No quiero tu agradecimiento! –gimoteó–. Te quiero a ti, y pensaba que con el tiempo te darías cuenta de que estarías mucho mejor con alguien como yo –señaló a Gabriella con un dedo–. Puede que no sea tan bella como ella, pero te cuidaría. Nunca llegarías a una casa vacía. Nunca tendrías que salir para comer una comida decente. Y siempre que me necesitaras, yo estaría allí. Nunca te abandonaría como ella te abandonó. No sería el centro de atención cuando estuviéramos en público, pero te daría hijos y haría que te sintieras orgulloso, y...

Sus palabras se convirtieron en sollozos.

—El único fallo en todo eso, Willow —dijo Max con delicadeza— es que yo nunca te vi en otro papel que el de mi asistente ejecutiva. Te admiro y te respeto por lo que has aportado al trabajo, pero eso es todo.

—¡Podría haber llegado a más si ella no hubiera venido! —las lágrimas le caían por las mejillas.

—No. Y eso no va a cambiar, independientemente de dónde decida vivir mi esposa.

—Entonces, supongo que no hay nada más que decir —con un gran esfuerzo Willow consiguió controlarse y se limpió las lágrimas con la mano.

—Haré que llamen a Brent para que te lleve a casa —dijo Max, pensando que era la forma más amable de acabar con una escena que duraba demasiado.

—Estoy segura de que lo hará encantado. Después de todo, eres el jefe, y hay que hacer lo que tú digas, ¿verdad? —dijo ella con amargura—. ¿Supongo que también querrás que te devuelva los pendientes? ¿Por qué no? Después de todo, ya me has quitado todo lo que más me importaba.

—Quédate los pendientes, Willow. Te los has ganado.

—Habría preferido ganarme tu amor.

«¿Amor?», pensó Max. Si mentir y manipular era amor, no quería saber nada de eso.

Gabriella se acercó a él y deslizó la mano en la suya.

—Oh, Max —murmuró—. ¡Me da tanta lástima! Y todo ha sido culpa mía. Si te hubiera escuchado...

Él se soltó de la mano y miró el reloj.

—¡Vaya! Es medianoche. Ya debe de estar acabando la fiesta. Ve a buscar a tus padres mientras hago traer nuestra limusina.

Su voz debió de sonar muy distante, porque Gabriella le preguntó:

—Pero luego hablaremos, ¿verdad?

—Ya se ha dicho bastante por esta noche, Gabriella.

Impasible, vio cómo ella se alejaba. Alejarse era una cosa que ella sabía hacer muy bien.

De vuelta a casa, Max casi no habló. Los padres de Gabriella estaban muy cansados y no se dieron cuenta, y cuando llegaron, se fueron directamente a la cama.

Ya solos en la sala, la tensión fue en aumento.

—¿Quieres que te prepare algo, Max? —preguntó ella.

—No. Vete a la cama, Gabriella. Si quiero algo, ya me lo prepararé yo.

—¿No subes conmigo?

Él la miró de arriba abajo, estudiándola al detalle.

—No —dijo por fin—. Eres una mujer muy deseable, y a pesar de todo lo que ha pasado esta noche, no puedo fiarme de que no quiera hacer el amor contigo.

Ella sonrió y se encogió de hombros.

—¿Y eso sería tan terrible?

—Sería desastroso —dijo él con dureza—. Tengo suficiente sentido de la realidad como para reconocer una causa perdida cuando la tengo delante. Nuestra relación no va a funcionar, Gabriella, por mucho que lo deseemos.

Sus palabras fueron como un latigazo.

—¿Estás renunciando a intentarlo por lo que ha sucedido en el hotel?

—Dame una buena razón para no renunciar.

—¡Te amo! —sollozó ella, tratando de alcanzarlo—. Lo suficiente como para luchar por ti, como lo he demostrado esta noche.

—Estás equivocada —contestó él—. Lo único que has demostrado es que jugamos con reglas diferentes.

—¡Éramos felices hasta que Willow se interpuso entre nosotros con sus medias verdades!

Max se dirigió hacia la terraza y respiró hondo.

—Willow no es el problema, Gabriella —dijo con frialdad—. El problema somos nosotros. La única razón por la que pudo interponerse entre nosotros fue porque se lo permitimos. Y lo único que se ha demostrado esta noche es que nuestro matrimonio es demasiado frágil como para resistir las presiones externas.

—¿Cómo puedes decir eso? Hemos ganado.

—Puede que tú pienses que eso fue una victoria, Gabriella, pero yo no pienso así. Prefiero no estar casado a tener un matrimonio con tantos fallos, que no me permitan saber si va a desmoronarse en cualquier momento por algún pecado mío imaginario.

Ella lo había estado escuchando, inmóvil, pero en esos momentos estaba tan furiosa, que lo agarró de una manga para que la mirara.

—¡Escúchame bien, Max Logan! Sería más fácil que me tragara tu actitud de santurrón, si tú no fueras tan culpable como yo del estado en que está nuestro matrimonio. No desperdicias una sola ocasión para echarme en cara que te he engañado en el pasado, pero ya he visto que no te importa recurrir a las mentiras cuando te conviene.

—Que yo sepa, nunca te he mentido.

Gabriella pensó que él no se parecía en nada al hombre que días atrás la había seducido con tanta ternura. Su tono, la expresión de su cara, hasta su brazo... eran duros como el acero y le recordaron los días difíciles de después de la boda. Pero ella era una mujer nueva, y no iba a renunciar al paraíso que había vislumbrado.

—¡Sí me mentiste! —dijo acalorada—. Me dijiste que el delantal que encontré en la cocina era de una empleada, sabiendo que en realidad era de Willow.

—Si es así, me acabo de enterar, y cometí un error. Eso es muy distinto a decir una mentira a sabiendas. Pero el hecho de que dejes que una cosa tan insignificante pueda erosionar la poca confianza que tienes en mí demuestra lo que digo.

—Nunca habría cobrado importancia si desde el primer momento me hubieras dicho que Willow había vivido aquí durante un mes. ¿Pero no te atreviste a decirlo, verdad? ¿Y quieres saber por qué? Porque te engañas a ti mismo. Estoy muy decepcionada al descubrir que eres tan cobarde.

La cara de Max se enrojeció, los ojos le brillaban de furia.

—No apures tu suerte, Gabriella. Aplastaría a cualquier hombre que se atreviera a llamarme así.

—Si la verdad te duele, lo siento, pero eso no cambia las cosas. Si te hubieras atrevido a enfrentarte a lo que Willow ha estado tramando durante meses, esta noche las cosas no habrían llegado a un punto tan lamentable.

—Lamentable es la palabra exacta, si un par de pendientes o un delantal pueden causar tanto daño.

—No estoy hablando de cosas materiales como las joyas o dejar que otra mujer se estableciera en casa. Por favor, Max, tú no eres estúpido, aunque a veces actúes como si lo fueras. Tenías que haberte dado cuenta hace tiempo de que los sentimientos de ella habían cruzado la línea entre lo profesional y lo personal.

—No necesariamente. Yo no voy por ahí pensando que todas las mujeres que veo se enamoran de mí.

—¡No seas estúpido, Max! Tú la besaste y ella te besó. ¿Tratas de hacerme creer que pensabas que estaba siendo maternal?

Antes de que él contestara, ella se había dado cuenta de que había dado en la diana.

—En aquel momento, ella estuvo de acuerdo conmigo en que había sido una equivocación, y que debíamos olvidarlo.

–¿Cómo es que estás tan dispuesto a creer lo que otra mujer te dice, a pesar de que es evidente que te miente o se engaña a sí misma, y sin embargo, te niegas a aceptar lo que yo te digo desde lo más hondo de mi corazón, cuando te digo que te amo y que todo lo que he hecho, bien o mal, lo demuestra?

–¿Acaso pretendes decir que abandonarme a los seis meses de casados es una prueba de que me quieres?

–Me fui porque te quería. No podía soportar ver cómo nos destruíamos mutuamente. ¿Y cómo puede ser que un hombre que dice que no es un cobarde, no puede pronunciar la palabra «amor»?

–Porque no creo que sea una palabra para ir diciendo como si fuera un parche cada vez que algo va mal en una relación. Hace falta más para que una pareja permanezca unida.

–Sí, hace falta más –dijo ella–. Pero el amor también ayuda a mantener un matrimonio cuando las cosas van mal.

–Supongo que eso explica por qué el nuestro es un desastre –le lanzó las palabras con intención, pero ella no hizo caso.

–No estaría tan mal si reconocieras tus propias debilidades tan rápidamente como lo haces con las mías. Dices constantemente que yo no soy capaz de confiar en ti, pero, de hecho, tú tienes miedo de confiar en ti mismo.

–¡No tengo miedo!

–Sí lo tienes –afirmó ella en tono desafiante–. Tienes miedo de mirar dentro de tu corazón.

–¡Tonterías!

–¿De veras? Entonces respóndeme –le agarró la barbilla y lo obligó a mirarla a los ojos–. ¿Me has amado alguna vez, aunque fuera por un instante? –Max desvió la mirada. Era un tema que Gabriella no había querido sacar antes por temor a oír la respuesta de él. Pero tal y como estaban las cosas, pensó que lo mejor era sacar a la luz todos los demonios y acabar cuanto antes–. ¿Y bien? –exclamó–. Yo me he tragado mi orgullo y te lo he preguntado, Max. ¿Tendrás el valor de contestarme con sinceridad?

Capítulo 9

LA tensión de guardar las apariencias durante las últimas horas de la visita de sus padres fue mayor que en los días anteriores. Ni Max ni ella habían vuelto a mencionar lo ocurrido en el hotel, y siguieron la rutina de todos los días. Después de que Max se fuera al trabajo, Gabriella sirvió el desayuno en la terraza mientras su padre nadaba en la piscina.

Apenas, se había sentado, María comentó:

—Tienes ojeras, cariño. ¿No has dormido bien?

—No mucho. Ya te estoy echando de menos, mamá. El tiempo ha pasado muy deprisa y no he podido llevaros a todos los lugares que quería mostraros. Habéis pasado la mayor parte del tiempo aquí en el ático.

—Pero hemos visto cómo vives. Cuando estemos en casa, podré imaginarte aquí con tu marido, y recordaré los momentos felices que hemos compartido.

—¿Felices? ¡Oh, mamá! —se había prometido no llorar, pero contener las lágrimas era tan difícil como conseguir que Max dijera que la amaba—. Seguro que anoche, después de iros a la cama, nos oíste. Las ventanas estaban abiertas y nos debió de oír medio mundo.

—¿Y qué?

—¡Pues que sabes que Max y yo no somos felices!

—Yo sé que dos personas pueden pelearse con tanta pasión como se aman. También sé que el amor puede envenenarse y parecerse al odio.

—¿Y eso no te preocupa?

La madre tomó un sorbo de café antes de contestar.

—Me preocuparía más si viera indiferencia entre vosotros dos. Hija mía, la pasión no mata a un matrimonio. Solo la indiferencia puede hacerlo —aquello era cierto, pensó Gabriella. El que Max no contestara a su pregunta y su frialdad cuando por fin fue a la cama demostraba que, por parte de él, el matrimonio estaba muerto. El veneno, como decía su madre, llevaba mucho tiempo actuando. María acarició la mano de su hija—. Os reconciliaréis en cuanto nos hayamos ido, Gabriella. Siempre crea tensión en un matrimonio tener que comportarse bien a todas horas delante de invitados.

—Es más que eso, mamá. Me temo que lo cierto es que Max y yo estamos demasiado acostumbrados a vivir alejados. Ya no sabemos comportarnos como una verdadera pareja.

—Entonces, quédate en casa. Hazle recordar lo que se siente al llegar a casa y encontrar a su mujer esperándolo.

Aunque era un buen consejo, llegaba demasiado tarde.

—Supongo que te irás en cuanto tus padres se vayan —le había dicho Max por la mañana. Ella estaba aún en la cama cuando él salió del baño y pasó por su lado para abrir las ventanas.

–Será lo mejor –había contestado ella mientras lo seguía con la mirada. Era tan atractivo y tan masculino... ¡y estaba tan distante!–. Tengo un compromiso de diez semanas, empezando en Tokio a partir del próximo miércoles, y me gustaría dejar un par de días para recuperarme del cambio de hora.

–Parece una agenda muy dura.

–Estaré en el hotel de siempre en París a finales de septiembre, pero, si necesitas algo antes, mi agente...

–Sé como encontrarte, si surge algo. Lo que iba a decir es que, si quieres quedarte algún día más para descansar, puedes hacerlo.

–Gracias, pero no ganaré nada quedándome. Volveré a ponerlo todo como lo encontré y estaré fuera de tu vista el lunes a más tardar.

–Iba a hablarte de eso. Deberías hacer que te enviaran todas tus cosas a Roma. Son tuyas, y seguro que harás mejor uso de ellas que yo. No sé por qué nunca las has reclamado.

«Porque esperaba que podríamos volver a estar juntos y ser felices», había pensado ella, pero no había dicho nada. Él había eliminado cualquier esperanza de que así fuera la noche anterior, cuando respondió a su pregunta diciendo: «No veo dónde entra el amor en todo esto», y había estado tan distante que su sinceridad era evidente.

–Haré que se lo lleven en cuanto sea posible –había contestado ella, volviendo la cara para que él no viera su sufrimiento. «Recordaré este momento durante el resto de mi vida», pensó, cerrando los ojos.

—¿Quieres llevar a tus padres a algún sitio para su última noche aquí? —había preguntado Max con total indiferencia—. Puedo reservar una mesa en algún sitio.

—No —se precipitó a decir Gabriella. Ya se había expuesto demasiado ante el público esa semana, y sus padres estaban cansados—. Estoy segura de que preferirán pasar una noche tranquila aquí, solo con nosotros, antes de emprender su largo viaje mañana, pero, si eso te parece demasiado difícil y prefieres no estar, lo entenderé.

Él la había mirado sombrío.

—No tengo nada contra tus padres, Gabriella. Me gustan y los respeto a los dos y, como tú, no quiero que se preocupen. Si crees que una noche tranquila, los cuatro, es lo que más les gustaría, eso es lo que tendrán.

—Gracias.

—Y también me gustas tú, ya lo sabes, y estoy decepcionado de que no pudiéramos hacer que lo nuestro funcionara.

—¿Gabriella? —ella se sobresaltó al darse cuenta de que su madre la observaba con toda la sabiduría de sus setenta y tantos años.

—¿Cómo lo consigues, mamá? —le preguntó tratando de controlar sus sentimientos—. ¿Cómo es que nunca has perdido la fe en ti misma? ¿Cómo has conseguido levantarte y enfrentarte a un nuevo día cuando has tenido tantos motivos para pensar que no te quedaba nada por lo que valiera la pena vivir?

–¿Que nunca perdí la fe? –la madre sonrió–. ¡Ay, mi niña, si supieras cuántas veces estuve a punto de rendirme! Cuando mataron a tu hermano, deseé haber muerto con él. Culpé a tu padre por no habernos llevado a un sitio más seguro hasta que acabaran los disturbios. Pero él no quería salir de su país, y cuando llegó el momento, yo no pude abandonarlo. Lo amaba demasiado, como tú amas a tu Max. Y al final, salí premiada, y te tuve a ti, una hija preciosa, cuando pensaba que mi edad fértil había terminado. Las cosas buenas les llegan a los que tienen paciencia para esperar, Gabriella. El secreto está en no dejar de luchar y en confiar en el poder del amor.

Hablaba con tanto convencimiento, que Gabriella estuvo a punto de creerla. Tenía un fin de semana por delante para estar a solas con Max. Seguro que, si ponía todo su empeño, podrían conseguir el milagro.

Pero Max no estaba dispuesto a colaborar.

–Esperaba poder tomarme libre la mañana y acompañaros al aeropuerto –les dijo a sus padres durante la cena–, pero me acaban de avisar que unos clientes que estaba esperando llegarán de Ginebra esta noche y estaré ocupado con ellos durante los dos próximos días.

–Podemos llamar a un taxi –dijo Gabriella, disimulando su decepción.

–No es necesario. Puedes usar mi coche. Será más práctico, sobre todo pensando en todas las gestiones que tienes que hacer entre hoy y el lunes.

Estaba claro que ansiaba perderla de vista.

–Pero, si tienes que agasajar a unos clientes, necesitarás el coche.

–No. He contratado un helicóptero para que nos lleve a Whistler. Pasaremos un par de días jugando al golf.

–¿Cuándo piensas irte? –le preguntó ella una vez en la cama.

Él bostezó y se estiró, cerrando los ojos.

–Mañana, en cuanto termine la reunión.

¡Ahí terminaba el fin de semana de milagros!

–¿Eso quiere decir que ya no te veré después de esta noche?

–No, si te marchas el lunes como habíamos dicho.

–¿Y si no me voy?

Él entreabrió los ojos.

–Pensaba que tenías que estar en Tokio el miércoles.

–Tengo mucho que hacer de aquí a entonces. Podría esperar un día.

–¿Por qué, Gabriella? –preguntó él mirándola de soslayo–. ¿De qué serviría?

–Ya sé que estás contento de que esta comedia se termine –dijo ella, dolida–, pero al menos, podías fingir que lamentas un poco que no acabe tan bien como esperábamos.

–Lamentarse, como sentirse culpable, solo es una pérdida de energía.

–¿Cómo puedes quedarte tan tranquilo cuando nuestro matrimonio está agonizando, y no sentir nada?

Él suspiró profundamente.

–¿Qué quieres que te diga? ¿Que hicimos un gran esfuerzo, que conseguimos estropearlo más que nunca y que me niego a seguir haciéndolo? Ya me siento bastante estúpido.

—¡No más que yo! —replicó ella, furiosa por la actitud de Max—. Debí de estar loca al pensar que ibas a hacer un esfuerzo para que nuestra relación funcionara. ¿Para qué ibas a hacerlo si tenías a Willow esperando para meterse en nuestra cama? Es obvio que ella está mejor preparada que yo para satisfacer todas tus necesidades.

—¿Loca? —repitió él burlándose—. Añade «celosa» y «desconfiada» a tu lista y estarás cerca de descubrir lo que yo he sospechado todo el tiempo. Tú eres la estrella máxima de tu propio folletín trágico.

—¿Lo soy, Max? ¿O es que estoy demasiado cerca de la verdad y te sientes incómodo? Porque es un hecho que me cerraste la puerta cuando intenté ser tu esposa, pero a ella la dejaste entrar.

—No te quedaste suficiente tiempo para aprender algo sobre cómo ser una esposa. Nunca nos molestamos en conocernos, en averiguar si teníamos algo en común, aparte del sexo, claro. Y seguimos cometiendo el mismo error. Lo creas o no, a Willow la conozco bastante bien, lo suficiente como para saber que no es lo que quiero. Mientras que tú...

Frustrado, Max se dio la vuelta y le dio la espalda.

—¿Yo, qué? Vamos, Max, ya que estás tan obsesionado en que salga la verdad a toda costa, di lo que piensas. Después de todo, esta puede ser tu última oportunidad de decir exactamente lo que opinas de mí.

—Ya no importa. Yo no formaré parte de esto. Estoy cansado de intentar separar la realidad de la ficción. No se trata de ayer, o de hace dos años. Se trata de hoy, y de nosotros. De cómo no hemos aprendido nada de nuestros errores y seguimos repitiéndolos. Yo me siento responsable. Si hubiera seguido mi instinto y te hubiera echado de mi habitación la primera noche, ahora no estaríamos en esta situación.

—¡Qué noble eres, y qué hipócrita!

Ella sintió cómo él se indignaba.

—¿Qué diablos quiere decir eso?

—Tu instinto fue tomar lo que yo te ofrecía sin hacer preguntas. Me recibiste con los brazos abiertos.

—¡Me tomaste por sorpresa! —dijo él, incorporándose.

—¡Y tú simplemente me tomaste! Y muy a gusto, debo añadir.

—Eres una mujer preciosa y apasionada, Gabriella. Es muy difícil resistirse a ti cuando te lo propones —volvió a echarse sobre las almohadas—. No lo niego. Ni tampoco que, sexualmente, funcionamos muy bien. Es lástima que eso sea lo único que hay entre nosotros, porque no basta para que un matrimonio salga a flote. Cualquier duda que tuviéramos al respecto ha quedado disipada en las últimas veinticuatro horas.

—¿De veras? —lo hostigó ella—. Creo que lo que pasa es que nuestra relación significa mucho más de lo que estás dispuesto a reconocer. Porque reconocerlo te obligaría a mirar con sinceridad dentro de tu corazón, y tienes miedo de lo que pudieras encontrar. ¿Y sabes, qué? Eso me deja libre para seguir adelante sin ti.

—Entiendo —él se volvió y la miró con frialdad—. ¿Y cuál es el resumen de tu sermón?

Gabriella se tragó las lágrimas que le brotaban. Él tenía razón. Lamentarse era inútil, y ella no tenía por qué sentirse culpable. Ya había sufrido bastante.

—Que acepto el fracaso. ¡El mío y el tuyo! Y que estoy preparada para cerrar el libro. Empezaré los trámites del divorcio lo antes posible. Después de mañana, no tendrás que verme nunca más.

—Al menos esta vez tienes la decencia de decirme que te marchas, en vez de dejarme una nota.

—Sí contestó ella—. Ya no soy aquella esposa insegura que echaba de menos a su familia y que intentaba adaptarse a una nueva vida en un país nuevo, y que estaba desesperada por conseguir a cualquier precio la aprobación de su marido. He madurado, Max, y creo que ya es hora de que tú hagas lo mismo.

—¿Qué?

—Ya lo has oído. En vez de decirme que deje atrás el pasado, intenta hacer lo que predicas. Deja de agarrarte a viejos resentimientos y de utilizarlos para justificar lo que haces ahora. Quizás, si aprendes a hacerlo, resultará que, después de todo, compartir tu vida con alguien no es tan complicado —estiró la sábana y se colocó al borde de la cama para dejarle más espacio—. ¿Quién sabe? A lo mejor hasta podrás aprender a ser feliz.

—Sin duda, lo dices por tu propia experiencia.

—Aún no, pero no me doy por vencida. Estoy dispuesta a intentarlo de nuevo, y la próxima vez, escogeré mejor para que salga bien.

–Te deseo suerte.

–La suerte no tiene nada que ver. He intentado rectificar todo aquello que dañó nuestro matrimonio, y aunque no lo creas, he aprendido mucho.

–¿De verdad, Gabriella? –dijo él con desdén–. ¿Y qué es, exactamente, lo que has aprendido?

Ella se quedó pensativa unos instantes antes de contestar.

–Sobre todo, que hacen falta dos para que haya una pareja. Una sola persona no lo puede hacer, por mucho que lo intente. En nuestro caso, yo quiero que nuestro matrimonio funcione, pero tú no. Por eso voy a seguir mi camino, con la esperanza de que algún día encuentre un hombre dispuesto a compartir conmigo algo más que la cama.

Fueron palabras valientes, pronunciadas con mucha seguridad, pero difíciles de mantener a la mañana siguiente mientras veía a Max despedirse de sus padres. Sabía que, cuando se volviera hacia ella, sería para el último adiós.

Él le agarró las manos, y durante un momento la miró a los ojos.

–Bueno –dijo él, en un tono incierto, como si le costara hablar–, no dejes que te hagan trabajar demasiado, y cuídate, ¿de acuerdo?

–De acuerdo –ella debía de parecer calmada, porque ni su madre ni su padre notaron nada, pero, por dentro, sentía un dolor desgarrador.

–Y empieza a cuidarte un poco más –él inclinó la cabeza y la besó en la frente, y luego en los labios–. Come bien. Detesto verte tan delgada.

A Gabriella, tanta amabilidad le resultaba insoportable, y no pudo resistir la tentación de castigarlo. Pasó los dedos por entre los cabellos de Max y lo besó en los labios con un beso lento e íntimo, que él no se atrevió a rechazar.

Ella aspiró su aroma y saboreó el gusto de su boca, carnosa y sensual. Se apretó contra su cuerpo y tuvo la satisfacción de ver cómo no podía reprimir un suspiro.

–Pórtate bien contigo –le susurró cuando por fin se separó de él. Y como temía verlo marchar, corrió escaleras arriba a su dormitorio, y se echó a llorar.

Cuatro horas más tarde, Gabriella lloraba de nuevo al ver que sus padres pasaban el control del aeropuerto. Se sentía como si la estuvieran abandonando las dos únicas personas a quienes les importaba si ella vivía o no.

Como si se diera cuenta, también su padre se había entristecido.

–Recuerda que te queremos, y que pase lo que pase, siempre serás nuestra hija –susurró su padre, mientras la abrazaba–. Y si nos necesitas, solo tienes que llamarnos por teléfono.

Al recordar sus palabras mientras conducía de regreso a la ciudad, Gabriella pensó que no había podido engañar a su padre dándole la imagen de una mujer felizmente casada, y que él tan solo había seguido el juego, como todos.

Se preguntaba si aceptaría con la misma tolerancia la noticia de su divorcio. ¿Y su madre? ¿Se sentirían muy decepcionados al saber que ella no tenía la misma tenacidad que ellos para sostener sus ideales y sus sueños?

Si no hubiera estado tan concentrada en sus pensamientos, quizás se habría dado cuenta del alboroto que había en una tienda a pocos metros del semáforo en rojo en el que se había parado, y habría evitado el peligro. No había puesto el seguro en la puerta del coche, y de repente, se encontró con que un joven se había introducido en el asiento del copiloto y la amenazaba con una afilada navaja.

—¡Fuera! —le gritó el muchacho indicándole que se bajara del coche.

Ella sabía que debía obedecer, que su vida valía más que el coche, pero sus sentimientos la tenían tan paralizada, que no reaccionó.

—Me temo que no puedo hacer eso —dijo ella—. Este no es mi coche y mi marido ya está bastante enfadado conmigo. Tiemblo de pensar en cómo reaccionaría si le entregara su coche a la primera persona que me lo pida.

Gabriella vio que un grupo de personas se agolpaban junto al coche y oyó el sonido de unas sirenas que se acercaban. El joven también lo oyó.

—¡Pise el acelerador, señora! —gritó el muchacho.

—Claro. ¿Dónde quieres que te lleve? —preguntó Gabriella con mucho aplomo, aunque las manos le temblaban.

Tras soltar una imprecación, el muchacho le puso la navaja muy cerca del cuello y la agarró por el pelo.

–Si quieres volver a ver a tu marido, tuerce a la derecha en el cruce y dirígete a la autopista. Y no intentes hacerte la graciosa. Por si no te has dado cuenta, yo no me estoy riendo.

Todavía en trance, Gabriella cambió de marcha y siguió sus instrucciones al pie de la letra. Las llantas chirriaron al acelerar, justo cuando las luces del coche patrulla aparecieron a lo lejos.

Capítulo 10

A MAX le costaba prestar atención a los tres clientes que examinaban las hojas de cálculo y barajaban cifras de millones. Lo único que le pasaba por la cabeza era Gabriella.

Despedirse de ella había sido mucho más difícil de lo que había pensado. Al final, lo habían inundado las dudas. El futuro sin complicaciones que creía que deseaba ya no le parecía tan brillante, y las cosas que siempre había considerado importantes no le parecían suficientes para sostener su vida.

De repente, no le interesaban nada los negocios ni la libertad que tenía. ¿Cuántos premios debía recibir antes de llegar a la cima? ¿Y qué era la libertad? Al final, lo único que tenía era un ático sin vida que se parecía más a una tumba que a un hogar, y la única persona que se preocupaba por él era la asistente que le ordenaba las citas y planificaba sus viajes.

Lo que le hizo recordar su otro gran problema: Willow.

«Debería haber insistido en que recogiera sus cosas y se marchara, en lugar de dejar que trabajara durante el mes de preaviso», pensó irritado.«Estará a mi alrededor cada vez que me mueva, tratando de hacerse la indispensable para demostrar que no podré hacer nada sin ella».

Como si la hubiera llamado, Willow apareció en la puerta.

–Siento interrumpir –susurró–, pero tienes una visita.

–Ahora no –contestó él, cortante–. ¿Se había vuelto loca para interrumpir así unas negociaciones en el momento más crítico?

–Este asunto no puede esperar, Max. Hay un policía, el detective Janssen, que insiste en que tiene que hablarte en persona.

–¿Un policía? –exclamó mirando a su alrededor para cerciorarse de que los clientes no lo habían oído.

Viendo que algo pasaba, el subdirector se le acercó.

–¿Qué pasa?

–Al parecer tengo a la policía en los talones, por algún asunto –dijo Max encogiéndose de hombros, más molesto que preocupado–. Mantén el fuerte mientras voy a ver qué pasa. Ya hemos discutido casi todos los puntos importantes, así que, si no he regresado antes de que terminen, pásales el vídeo sobre el proyecto de Indonesia, y me reuniré con vosotros en el comedor.

Después de disculparse ante los clientes, siguió a Willow fuera del despacho.

–¡Si se trata de alguna multa impagada, la cabeza de alguien va a rodar! –la amenazó.

–Si se tratara de una tontería, no habría interrumpido la reunión –reprochó Willow–. Pero tengo la impresión de que es algo más serio que una infracción de tráfico.

–Siento ser portador de malas noticias –comenzó el detective Janssen–, pero ha habido un incidente con un automóvil que está matriculado a su nombre.

«Gabriella se llevó el coche al aeropuerto», pensó, sintiendo que se le helaba la sangre.

–¿Un incidente? –repitió– ¿O un accidente?

–Han robado su coche, señor Logan, y lo han usado para huir de un intento de atraco a mano armada.

–¿Eso es todo? –preguntó Max aliviado. Gabriella siempre se olvidaba de cerrar el coche cuando lo aparcaba.

Janssen lo miró muy serio.

–Me temo que no. ¿Le prestó su coche a alguien esta mañana?

–Sí. Mi esposa lo utilizó para llevar a sus padres al aeropuerto –se rio–. Espero que no esté insinuando que ella lo usó para atracar un banco.

–Por el contrario. La persona que conducía su coche ha sido tomada como rehén.

Max se puso nervioso. Y agarró al policía por la solapa.

–¿Qué quiere decir con que fue tomada como rehén? ¿Qué diablos está intentando decirme?

El detective se reajustó la chaqueta.

–Según los testigos, ella discutió con el sospechoso, aunque la amenazaba con una navaja. Probablemente él quería el coche y ella se negó a dárselo.

–¿Que ella se negó? –Max se dejó caer en una silla, angustiado.

–Ella se negó a darle las llaves, y él se la llevó.

La última vez que la vieron, conducía hacia el sur por el puente de Oak Street y él mantenía la navaja en su cuello.

De repente, Max se sintió como si se estuviera ahogando y la vida se le escapara de las manos.

Esa misma mañana, ella lo había besado. Él había saboreado su deliciosa boca, y había sentido su largo y esbelto cuerpo apretado junto al suyo, y había mirado esos extraordinarios ojos verdes. Y había pensado que, por fin, se libraba de ella, cuando lo que tenía que haber dicho era que ella tenía razón, que él era un cobarde y que no se atrevía a reconocer lo que sentía por ella.

En ese momento, un ladronzuelo huía con ella y quién sabe qué estaría pensando hacer cuando dejara de serle útil. A Max se le helaba la sangre solo de pensarlo.

—Me doy cuenta de que es una noticia horrible, señor Logan —dijo Janssen—, pero puede que lo alivie saber que hemos cortado las carreteras. No llegarán muy lejos, y con ella al volante, no creo que el exceso de velocidad sea un factor a tener en cuenta.

¿Cómo iba a sentir alivio sabiendo que un maníaco sujetaba una navaja junto a su precioso cuello?

—Ahora mismo no me preocupa una multa por exceso de velocidad.

—¡Claro que no! Lo decía por su seguridad.

Sonó el teléfono móvil del policía. Él se alejó un poco para contestar.

Cuando terminó de hablar, se volvió hacia Max; su cara estaba menos seria.

–Buenas noticias. Han encontrado el coche y han detenido al sospechoso.

–¿Y mi esposa?

–También la traen a ella.

–¿La traen? –gritó Max, furioso–. ¿Dónde? ¿A un hospital? ¿A la funeraria?

–A la comisaría de policía, señor Logan. Parece que no le ha pasado nada. Si quiere, puedo llevarlo allí para que esté con ella mientras la interrogan.

–Sí, claro que quiero –dijo sombrío. De hecho eran muchas las cosas que quería. Primero, comprobar por sí mismo que no le había pasado nada. Y luego, regañarla por haber sido tan tonta.

Cuando Max entró en el despacho de la comisaría, ella estaba sentada en un banco junto a una mujer policía, con un vaso de té en la mano.

En cuanto lo vio, dejó a un lado el vaso, se puso en pie y se dirigió a Max.

–Lo siento mucho, Max –le dijo temblando–. Me temo que tu coche ha salido un poco malparado, pero yo te pagaré la reparación.

–Será mejor que empieces a creértelo –dijo agarrándola entre sus brazos–. Voy a sacarte hasta el último centavo.

Entonces, para su vergüenza y bochorno, empezó a llorar como un niño, derramando grandes lágrimas sobre el cabello de Gabriella. Habría querido que la tierra se lo hubiera tragado. No recordaba la última vez que había llorado, pero seguramente había sido a los cuatro años.

No había llorado en el funeral de su madre, ni en el de su padre, porque los hombres debían esconder sus sentimientos y no llorar.

–¡Vaya, Gabriella, lo que me haces hacer! –murmuró tratando de controlarse.

–Lo siento –dijo ella otra vez, temblando y llorando sobre su camisa.

Sacó un pañuelo del bolsillo, se sonó y la estrechó entre sus brazos. Al verlos, la agente de policía, salió de la sala y los dejó solos.

–Ya ha terminado todo, cariño –murmuró Max–. Tú estás a salvo y yo estoy contigo.

Durante unos minutos, permanecieron en silencio. Cuando ella se calmó, alzó la cabeza y lo miró.

–¡Debo de estar horrible!

–Eres la mujer más bonita del mundo –dijo Max, y reparando en la marca que tenía en el cuello, la rozó con un dedo–. Voy a matar al bastardo que te hizo eso.

–Oh, Max. ¡Solo es un niño y tenía tanto miedo!

–¿De veras? Pues yo estaba aterrado.

–Él chico cometió un error. Yo sé lo que se siente. Empiezas por algo pequeño y, antes de darte cuenta, se ha convertido en algo que no puedes controlar, y ya es demasiado tarde para parar.

Incrédulo, Max la miró.

–¿Vas a decirme que sientes lástima de ese sinvergüenza?

–Sí. Cuando te conocí, solo quería besarte. Pero cuando te conocí un poco más, eso no era suficiente e intenté seducirte. Los dos sabemos cómo acabó la cosa.

–Las dos situaciones no se pueden comparar.

–¿No? –ella retrocedió un poco y se quedó mirándolo–. ¿No te sentiste como si yo te hubiera tomado como rehén y te hubiera obligado a algo que tú no querías?

–¡Gabriella, por favor! Escúchame. Ese chico es lo bastante despiadado como para agarrar una navaja, atracar una tienda y tomar a una mujer como prisionera. En mi opinión, ese chico es un delincuente. Una amenaza para la sociedad. Y voy a hacer que pague por lo que te ha hecho pasar esta mañana.

Ella le puso un dedo en los labios.

–Por la manera en que hablas, cualquiera diría que yo te importo.

–¡Yo te amo!

Ella se quedó mirándolo perpleja, mientras las palabras resonaban en su cabeza.

–¿Qué has dicho?

Él también estaba perplejo por lo que había dicho. No era precisamente un lugar muy romántico, pero aprovechó para abrir su corazón.

–Que te amo.

Él esperaba que Gabriella contestara que también lo amaba, pero lo que hizo fue alejarse de él.

–No, no me amas. En realidad, no me amas. Solo sientes alivio de que no me haya pasado nada.

–Oh, siento mucho más que eso –se apresuró a acercarse–. Esta mañana he estado a punto de perderte y no quiero oír nada de que vayamos cada uno por nuestro lado o de que hagamos vidas separadas. Me he visto ante la posibilidad, muy real, de que te hubieran matado, y de que no hubiera vuelta atrás para reconciliarnos y comenzar de nuevo. De que no pudiera hablarte por teléfono. De que no quedara nada de ti. —Max tragó saliva, temeroso de hacer el ridículo—. No podía resistirlo, Gabriella, es así de simple. Y quizás tengas razón y no te ame. Pero, si es así, explícame por qué no quería despertarme mañana pensando que ya no eras parte de mi mundo. Dime por qué me sentía como si me hubieran arrancado el corazón.

El detective Janssen abrió la puerta, evitando que ella tuviera que contestar.

—Si está dispuesta, señora Logan, puede venir a declarar.

—Claro —dijo saliendo del despacho con elegancia.

—Vuelve a tu trabajo, Max —le dijo al salir—. Puedo arreglármelas sola.

—¡Que te crees tú eso! —en dos zancadas, la alcanzó—. Me quedo aquí para llevarte a casa cuando termines, y eso no admite discusión.

Max había bajado las persianas dejando el dormitorio a media luz. La almohada y las sábanas estaban limpias y frescas.

«La mano del chico estaba mugrienta y tenía las uñas mordidas», recordaba Gabriella para sí..

—Intenta dormir —dijo Max acariciándole el cabello y besándola en la frente—. Hablaremos más tarde, y podemos cenar tranquilos en casa. Pediré que nos traigan algo y abriremos una botella de vino. Pero ahora, necesitas descansar.

—Estúpida niña mimada —había dicho el chico cuando ella intentó convencerlo de que se entregara—. ¿Qué sabes sobre la vida en la calle? ¿Cuándo fue la última vez que hurgaste en los cubos de basura para encontrar algo de comer?

—Llévela a casa —dijo el amable detective después de que Gabriella declarara—. Está muy impresionada, pero está bien. No es necesario que se quede aquí.

Max la había guiado hacia la calle, con un brazo rodeándole la cintura. Un coche nuevo y brillante los esperaba en el aparcamiento. La ayudó a entrar y le abrochó el cinturón de seguridad.

—¿De dónde has sacado el coche? —preguntó ella.

—Lo he alquilado. Hice una llamada mientras estabas ocupada declarando y pedí que me lo trajeran aquí.

—¡Vaya cochazo que tienes! —había dicho el chico con envidia, pasando la mano por el cuero de la tapicería—. Apuesto a que no le das importancia. Si quieres cualquier cosa, tu papaíto pone el dinero y te la compra.

—No tienes por qué llevarme al ático —dijo Gabriella, pensando que seguramente él detestaba la idea, ya que había visto que estaba bien—. Puedo quedarme en un hotel.

Él la miró fijamente.

—Si eso pretende ser gracioso, cariño, deberías saber que no estoy de humor para bromas.

—¡Oh, qué coincidencia! —ella soltó la risa—. Eso es más o menos lo que el pobre muchacho dijo cuando le pregunté a dónde quería que lo llevara.

—Tan lejos de este lugar inmundo como sea posible —había dicho el chico.

—¿Pero y tu madre? ¿No estará preocupada?

¿No se preguntará dónde estás? –él había soltado una risa amarga.

–Con tal de conseguir su dosis diaria, a mi vieja no le importa nadie.

–¿En qué pensabas mientras te retenía con la navaja? –preguntó Max mientras conducía hacia el ático.

–En que iba a morir y no tendría que divorciarme de ti. Que sería tu difunta esposa en lugar de tu ex. Una forma mucho más respetable de terminar.

Ella había intentado parecer fría e indiferente, pero su corazón la traicionó y se echó a llorar.

–Todo irá bien, cariño –la había consolado Max, tomándole la mano–. Yo te cuidaré. Nadie volverá a lastimarte o asustarte.

–Aparta la navaja –le había dicho al muchacho cuando encontraron la carretera bloqueada y los coches patrulla –. Explícales que llevas varios días sin comer, que no tienes donde vivir y que estabas desesperado. A lo mejor te comprenden y te consiguen la ayuda que necesitas.

–Eres estúpida –se burló el chico, muerto de miedo–. Los policías no comprenden nada, y el único que me puede ayudar soy yo. Frena, que me largo.

Ella no había reaccionado de inmediato y él le gritó.

–¡Para el maldito coche!

Ella había pisado el freno a fondo y el coche derrapó sin control y se balanceó hacia la mediana. Ella había tratado de dominar el volante, y cuando estaban a punto de estrellarse, la puerta del pasajero se abrió y el muchacho salió despedido,

Entonces, ella gritó, aterrorizada por la vida del chico y por la suya propia.

—¡Gabriella, despierta! —la voz de Max la despertó del horror. Sus fuertes brazos le arreglaron las sábanas y le secaron el sudor de la frente—. Tenías una pesadilla, cariño.

—El chico —sollozó ella, con la última escena aún viva en su mente—. ¡Se lo llevaron en una ambulancia!

—Janssen telefoneó mientras dormías. Aparte de unos cortes y magulladuras, no tiene nada grave. Se pondrá bien. Lo suficiente para que lo juzguen el lunes por la mañana. Amor mío, olvídate de él y empieza a preocuparte por ti. Por lo que me han dicho, mañana vas a estar muy dolorida. Si te hubieras estrellado contra la mediana, estarías en el hospital. Por suerte, el coche solo recibió un golpe en el lado del conductor.

—El coche, ¿se puede arreglar?

—¿Y qué importa? Se puede reemplazar. Pero tú no. ¿Cómo te encuentras?

—Tengo que admitir que estoy entumecida.

—No me sorprende, pero tengo el remedio perfecto. Te doy cinco minutos para que te metas en el jacuzzi.

—Mi traje de baño está en la maleta —dijo Gabriella.

—Entonces hazlo desnuda. Y no pongas esa cara de miedo. No soy tan perverso como para violarte en tu estado de debilidad.

Claro que no, y que tonta era de sentirse tan tímida cuando él ya conocía cada centímetro de su cuerpo. Aun así sentía pudor.

Estaba en peligro. Las cosas habían cambiado desde esa mañana y sus papeles no eran los mismos. Él siempre había sido demasiado orgulloso para reconocer sus temores o sus sentimientos. De repente, era otro hombre, diferente del que ella conocía.

Dándose cuenta de sus dudas, él fue hacia el baño y volvió con una bata.

—Aquí tienes, si el pudor se ha vuelto una cuestión tan importante, ponte esto hasta que llegues al jacuzzi. Prometo no mirar.

La perspectiva de sentir los chorros de agua caliente sobre su cuerpo dolorido la atraía.

—De acuerdo, tú ganas —dijo ella.

Él la miró sin sonreír.

—Suelo ganar, cariño. Será mejor que aprendas a sobrellevarlo.

Max pidió la cena a un restaurante cercano. La ensalada favorita de ella, langosta en salsa de albahaca, una tabla de quesos y pastelitos. Al principio, pensó en una cena formal en el salón de invitados, pero luego decidió que era mejor un lugar más íntimo, donde pudiera tocarla y acariciarla. Quería besarla y confirmarle que lo que le había dicho por la mañana lo había dicho de verdad. Que era cierto que la amaba.

Mientras Gabriella se duchaba y se vestía, él encendió la chimenea para caldear el ambiente y cubrió la mesita del café con uno de los manteles bordados que ella había llevado de Hungría. Sacó los cubiertos de plata y la porcelana que más le gustaba a ella, y puso a enfriar una botella de champán. También puso una música romántica.

Pero ella no aparecía. ¿Qué la estaba demorando?

Max se puso a pasear por el acogedor comedor. Desde el incidente de esa mañana, algo había cambiado en ella. Estaba retraída, como si se hubiera retirado de todo, y en especial, de él. Parecía como si le tuviera miedo, y él no podía imaginar por qué. Lo que sí sabía era que la base de su matrimonio volvía a tambalearse cuando él ya creía que todo estaba arreglado.

Se oyeron pasos por la escalera, y apareció Gabriella, más bella y radiante que nunca.

Llevaba el pelo suelto y su piel tenía un brillo luminoso. El vestido le ceñía el cuerpo como una segunda piel, y como joyas, solo lucía unos aros de oro y el anillo de casada.

Él deseó que la alianza fuera un buen presagio para el futuro.

—¿Te he hecho esperar mucho?

—Si lo has hecho, ha valido la pena —dijo preguntándose por qué tenía un nudo en el estómago—. Ha valido la pena cada segundo de espera.

Gabriella se acercó a Max y él le agarró las manos. Él quería besarla, apretarla entre sus brazos y no dejarla ir jamás.

Pero era como si ella se hubiera rodeado de un escudo invisible y Max se limitó a darle un beso en la mejilla.

Llenó las copas de champán y brindó:

—Por nosotros, Gabriella.

Ella inclinó la cabeza y chocó su copa con la de

él, pero no contestó el brindis, ni siquiera sonrió.
Solo miró la mesa dispuesta y comentó:

—Te has tomado muchas molestias.

—Tú vales la pena. Lo único que siento es haber
tardado tanto tiempo en darme cuenta.

Ella desvió la mirada hacia el fuego de la chimenea.

Él se sintió mal y exclamó:

—Amor mío, ¡háblame, por favor! Dime por qué
estás tan distante.

Ella se encogió de hombros.

—Me pregunto por qué estás aquí cuando tienes
unos clientes importantes esperándote.

—Eres mi esposa, Gabriella. ¿Dónde más iba a
estar en un momento como este?

—También era tu mujer esta mañana, pero eso
no te impidió hacer planes para un fin de semana
en Whistler.

Él respiró hondo antes de contestar.

—Porque pienso que después de lo que has pasado, puede que me necesites más que mis clientes.
O tal vez, porque por fin he puesto mis prioridades
en el orden correcto.

—No creo que las prioridades cambien tan deprisa. Creo que es una reacción exagerada a un incidente desafortunado y que mañana te despertarás
deseando no haberte comportado tan impulsiva-
mente. Creo —terminó de decir— que puede que
ambos lleguemos a arrepentirnos de tu decisión de
haber abandonado a tus clientes por mí.

—¿Quieres decir que preferirías haberte quedado
sola aquí?

—Si fuera razonable, lo diría —lo miró por fin a

los ojos, y él vio que estaba a punto de llorar–. Ya
nos dijimos el último adiós esta mañana, Max, y
no sé si podré resistir pasar por eso otra vez.

–¿Y si te pido que olvides lo que dijimos o hicimos esta mañana y que empecemos otra vez desde
el principio?

Ella suspiró tan profundamente, que todo su
cuerpo se estremeció.

–¿Y si la próxima semana vuelves a cambiar de
opinión?

Él alargó la mano y enmarcó la cara de Gabriella.

–Te amo, ¿me oyes? Hasta esta mañana no
pude reconocerlo, y no repetiría esas palabras si no
supiera que son verdad.

–Oh... ¡cuánto me gustaría creerte! No sabes
cuánto he deseado oírte decir eso.

–Entonces, ¿cuál es el problema?

–Es... es demasiado repentino –dijo ella–. Es demasiado para digerirlo todo de una vez –se distanció
un poco y adelantó las manos como para proteger-
se–. Necesito mucha fortaleza para conformarme
con menos que la perfección para nuestro matrimonio. Sería tan fácil ceder a mis sentimientos, aceptar
lo que dices, y olvidar las falsedades y la desconfianza que hemos tenido... Pero, en el fondo de mi
corazón, sé que sería una equivocación.

Max era muy obstinado y continuó concentrán-
dose en su objetivo.

–No haces más que decirme lo que no quieres,
Gabriella, pero quisiera saber exactamente lo que
te gustaría que pasara entre nosotros dos, porque
no consigo averiguarlo.

–Esta mañana me preguntaste por qué no había

dejado que el muchacho se llevara el coche sin más, y yo te dije...

—Sé lo que dijiste, pero pensé que era el shock lo que te hacía decir eso.

—No del todo, Max. La cosa es que no tenía tanto miedo cuando me di cuenta del peligro que corría. No más miedo del normal, porque siempre tengo miedo y siempre lo he tenido desde que me casé contigo. Y estoy cansada de tenerlo.

Él se quedó perplejo.

—¿Estás comparando estar casada conmigo con un atraco a mano armada? ¡Eso es absurdo!

—No, no lo es. Quiero tener libertad para amarte sin reservas y poder confiar en que tú también me amas así. Necesito saber que, si cometo un error, tú me vas a perdonar. Quiero poder abrir una carta tuya sin temor a que me digas que has conocido a alguien y que quieres divorciarte. Y cuando oiga tu voz por teléfono, quiero que me llene de felicidad y de emoción, y no que me produzca pavor.

—Diablos, Gabriella. Si me estás pidiendo un certificado de que nunca más vamos a discutir o a equivocarnos, no te lo puedo dar. El matrimonio no lleva certificado de garantía.

—Lo sé. Pero el amor sí lo lleva. Al menos, debería llevarlo, si es del tipo de amor que va a durar.

Él la miró con desconfianza.

—¿A qué conclusión has llegado?

—Quiero que te vayas a Whistler por la mañana y estés con tus clientes. Y yo voy a ir a Tokio el lunes como había previsto, y de allí a Sidney, Milán, París y todas las ciudades de mi agenda.

—¿Y entonces, qué?

–No miro más allá.

Lo que decía no tenía sentido. En realidad, él quería que dejaran de hablar del amor, y poder demostrarle sus sentimientos con actos.

–¿Estás diciendo que puede que hayamos terminado?

–Desearía que no. Espero que lo que hemos encontrado sea lo bastante fuerte como para resistir la distancia y el tiempo, y sé que no podremos saberlo si no lo ponemos a prueba.

Él se estaba poniendo cada vez más furioso.

–¿Y es esa tu manera de solucionarlo? ¿Volver a abandonarme? ¡Pues olvídalo, Gabriella! O te quedas y empezamos a intentarlo juntos, o terminamos de una vez por todas.

–Eso es chantaje, Max, y tú lo sabes –le dijo ella con calma.

–Llámalo como te dé la gana –rugió él–. Esas son mis condiciones. Tómalas o déjalas, porque no voy a quedarme aquí muerto de impaciencia mientras tú estás dando la vuelta al mundo.

–¿Es esa tu última palabra?

–Lo es.

Ella lo miró con solemnidad, y a Max le pareció una eternidad el tiempo que tardó en contestar.

–¿Y te preguntas por qué tengo miedo de ti?

Entonces, salió del comedor, subió las escaleras y cerró la puerta del dormitorio principal. Estaba claro que no saldría de nuevo y que no esperaba que él fuera a reunirse con ella.

Max tuvo que acostarse en el dormitorio de invitados. Pero esa vez era ella quien había tomado la decisión.

Capítulo 11

PARÍS en septiembre era una maravilla. El cielo azul, detrás de la catedral de Nôtre Dame y los árboles de los Campos Elíseos empezando a amarillear.

El hotel donde siempre se alojaba, seguía siendo encantador y las sesiones fotográficas en los diversos salones de modas habían sido un éxito.

Cada día paseaba a través de los jardines de las Tullerías y a lo largo del Sena, desayunaba en la terraza de un café, y a menudo cenaba con sus colegas. Y todas las noches, al llegar al hotel, esperaba que Max hubiera telefoneado.

Llevaba ya dos meses fuera de Vancouver y él no la había llamado. Ella temía que no fuera a hacerlo, pero aun así, cada día al entrar al hotel, preguntaba y se entristecía al oír al recepcionista:

—Lo siento, *madame*, no hay ningún mensaje.

El cuarto martes desde su llegada a París, tampoco hubo ningún mensaje. Desilusionada, como todas las noches, entró en el ascensor, y mientras subía, se hizo las mismas preguntas. «¿Debería haberme quedado en Vancouver? ¿El ultimátum de Max no demuestra que tenía razón en dudar?»

La respuesta estaba clara. Si él la había dejado

marchar con tanta facilidad era porque su amor no era tan profundo.

Al llegar al quinto piso, el ascensor se detuvo y ella caminó hacia su suite. Eran más de las diez. Dejó su bolso en una silla y se quitó los zapatos. Le dolían los pies y estaba cansada. Decidió darse un buen baño. Fue quitándose la ropa mientras iba hacia el dormitorio y fue a abrir la ventana para que entrara aire fresco. Cuando estaba abriéndola, se encendió la lámpara de la mesita de noche.

—No es que no me guste el *striptease*, cariño, pero no quisiera que medio París se excitara también.

El tono de las palabras era burlón, y Gabriella se sorprendió tanto, que casi se desmayó. El corazón le dio un vuelco.

—No he terminado aún —dijo ella sin aliento—. Estoy guardando la parte mejor para el final y va a ser para verla en privado —se atrevió a girarse y lo miró. Él estaba tendido en la cama, despeinado, sin afeitar, y con la ropa arrugada, pero estaba tan atractivo, que a ella le flojearon las piernas—. Hola, Max —le dijo.

—Hola, cariño.

Gabriella deseó ser valiente y lanzarse hacia él para sentir cómo la estrechaba entre sus brazos y para confirmar que por fin había encontrado su hogar, aunque estuviera al otro lado del mundo.

Pero solo fue capaz de fijar la mirada en su boca sensual, sus maravillosos ojos azules y su cara inolvidable. Y porque era una tonta que no podía contener sus sentimientos, hizo lo de siempre, echarse a llorar.

Era justo lo que tenía que hacer. Él se levantó de un salto y se puso a su lado.

—¡Tonta! —gruñó— Nunca más voy a perderte de vista. ¿Siempre entras desvistiéndote en las habitaciones de hotel sin comprobar que no haya nadie?

—No me chilles —lloriqueó ella.

—¿Por qué no? Es lo que mejor sé hacer —pero no estaba chillando. La voz le fluía como si fuera miel, o chocolate espeso. Sus manos acariciaron a Gabriella con mucha ternura y murmuró palabras mágicas, la llamó «amor mío», y le dijo que la había echado tanto de menos que creyó que iba a enloquecer—. Soy un idiota —le dijo—. No sé cómo vas a conseguir domarme para que aprenda a comportarme. Pero espero que al menos lo intentes. Porque te necesito, Gabriella y siento mucho si es demasiado pronto para decírtelo, pero creo que no aguantaría un día más sin ti.

—Creía que habías renunciado a lo nuestro —susurró ella—. De verdad que no pensaba...

—Puede que renunciara a mí, pero nunca a ti. He vivido un infierno estos dos meses, pero valió la pena si, al final, estamos juntos de nuevo. Me ha costado mucho admitir que, cada vez que me has dejado, he sido yo quien te empujó a ello, pero me ha costado aún más reconocer lo mucho que te echaba de menos y lo vacía que estaba mi vida sin ti. Así que decidí que, en vez de esperar a que tú decidieras volver a mí, yo vendría a buscarte y, para variar, sería yo quien se echara a tus pies —se quedó mirándola, dudoso—. ¿He llegado demasiado tarde, Gabriella? ¿La vida elegante que llevas aquí es más atractiva que el ser solo la esposa de Max

Logan? ¿Tendré que seguirte por todo el mundo para poder estar cerca de ti?

—Hubo un tiempo en que habrías recorrido el mundo entero para huir de mí —le recordó ella—. ¿Has olvidado que te casaste a regañadientes?

—No. Pero ahora sé que tarde o temprano habríamos acabado en el altar. Lo que ocurrió es que el momento llegó antes de que yo estuviera dispuesto a aceptarlo. Pero ahora estoy listo, Gabriella, y no soy ni tan orgulloso ni tan estúpido como para no arrodillarme e implorarte otra oportunidad.

—Si me besas —dijo ella derritiéndose junto a él—, creo que podré dispensarte de que te humilles, y aceptaré ser solo la esposa de Max Logan.

No hubo necesidad de una segunda invitación. Los labios de Max se posaron sobre los de Gabriella con tanta seguridad y pasión, que todas las dudas oscuras y terribles que ella tenía se esfumaron.

Parecía natural que él la llevara a la cama en aquel elegante hotel parisino, y que renovaran sus votos de amor en la ciudad más romántica del mundo. Que él la acariciara, la besara empujándola hasta el borde de la locura, y que le repitiera que la amaba, hasta que ambos llegaron al punto delicioso en que sus cuerpos se fundieron en uno solo.

Pero lo que realmente importaba, era que podían haberlo hecho en una choza en el Himalaya, o una tienda en el Sahara, porque lo que hacía que ese momento fuera único y trascendente era la confianza mutua y la felicidad que habían conseguido tras tantas lágrimas y sufrimientos, no solo para ese momento, sino para todos los años maravillosos del resto de sus vidas.

Acepte 2 de nuestras mejores novelas de amor GRATIS

¡Y reciba un regalo sorpresa!

Oferta especial de tiempo limitado

Rellene el cupón y envíelo a

Harlequin Reader Service®
3010 Walden Ave.
P.O. Box 1867
Buffalo, N.Y. 14240-1867

¡Sí! Por favor, envíenme 2 novelas de amor de Harlequin (1 Bianca® y 1 Deseo®) gratis, más el regalo sorpresa. Luego remítanme 4 novelas nuevas todos los meses, las cuales recibiré mucho antes de que aparezcan en librerías, y factúrenme al bajo precio de $2,99 cada una, más $0,25 por envío e impuesto de ventas, si corresponde*. Este es el precio total, y es un ahorro de más del 10% sobre el precio de portada. !Una oferta excelente! Entiendo que el hecho de aceptar estos libros y el regalo no me obliga en forma alguna a la compra de libros adicionales. Y también que puedo devolver cualquier envío y cancelar en cualquier momento. Aún si decido no comprar ningún otro libro de Harlequin, los 2 libros gratis y el regalo sorpresa son míos para siempre.

416 BPA CESL

Nombre y apellido   (Por favor, letra de molde)

Dirección   Apartamento No.

Ciudad   Estado   Zona postal

Esta oferta se limita a un pedido por hogar y no está disponible para los subscriptores actuales de Deseo® y Bianca®.
*Los términos y precios quedan sujetos a cambios sin aviso previo.
Impuestos de ventas aplican en N.Y.

SPB-198   ©1997 Harlequin Enterprises Limited

Bianca®...
la seducción y fascinación del romance

No te pierdas las emociones que te brindan los títulos de Harlequin® Bianca®.

¡Pídelos ya! Y recibe un descuento especial por la orden de dos o más títulos.

HB#33547	UNA PAREJA DE TRES	$3.50 ☐
HB#33549	LA NOVIA DEL SÁBADO	$3.50 ☐
HB#33550	MENSAJE DE AMOR	$3.50 ☐
HB#33553	MÁS QUE AMANTE	$3.50 ☐
HB#33555	EN EL DÍA DE LOS ENAMORADOS	$3.50 ☐

(cantidades disponibles limitadas en algunos títulos)

CANTIDAD TOTAL	$ _____
DESCUENTO: 10% PARA 2 Ó MÁS TÍTULOS	$ _____
GASTOS DE CORREOS Y MANIPULACIÓN	$ _____
(1$ por 1 libro, 50 centavos por cada libro adicional)	
IMPUESTOS*	$ _____
<u>TOTAL A PAGAR</u>	$ _____

(Cheque o money order—rogamos no enviar dinero en efectivo

Para hacer el pedido, rellene y envíe este impreso con su nombre, dirección y zip code junto con un cheque o money order por el importe total arriba mencionado, a nombre de Harlequin Bianca, 3010 Walden Avenue, P.O. Box 9077, Buffalo, NY 14269-9047.

Nombre: _____

Dirección: _____ Ciudad: _____

Estado: _____ Zip Code: _____

Nº de cuenta (si fuera necesario):_____

*Los residentes en Nueva York deben añadir los impuestos locales.

Harlequin Bianca®

CBBIA

Los deseos de independencia de Hope se habían visto amenazados nada más conocer a Keir Carmichael y notar la increíble atracción que había entre ellos. Empeñada en no sucumbir a sus encantos, había huido a Australia...

Cuando Keir entró en su oficina cinco años después, con toda su elegancia y su atractivo, Hope se quedó destrozada. Pero Keir enseguida hizo que las cosas fueran más sencillas... porque no estaba dispuesto a aceptar un «no» por respuesta...

Traicionada

Robyn Donald

PÍDELO EN TU PUNTO DE VENTA

Solo quedaban unas semanas para Navidad y Syl‐
vie Bennet estaba a punto de perder un empleo que le
encantaba y la única familia que había tenido en toda
su vida... todo gracias al guapísimo Marcus Grey.
Seguramente, Marcus tenía sus razones para querer
hacerse con la empresa, pero ella estaba empeñada
en hacer todo lo que fuera necesario para detenerlo,
incluso si eso significaba tener que pasar mucho tiem‐
po con él... a solas, y lejos de la oficina. Después de
todo, era por el bien de la empresa... ¿Qué importaba
si a cambio perdía algo más importante, como su
corazón?

PÍDELO EN TU PUNTO DE VENT